私はお母様の奴隷じゃありません!
「出てけ」と仰るなら、
望み通り出ていきます

ハーヴィン公爵
公爵家の当主。
周囲には恐れられているが、
何かとレベッカを気にかける。
パティ
公爵家のメイド。
レベッカの同僚で同い年。
レベッカ
ハーヴィン公爵に仕えるメイド。
母親から奴隷同然の
扱いをされていたが、
十六歳の誕生日に
実家を追い出される。
登場人物紹介
characters

ラグララ
レベッカの姉。
美人だが高慢な性格。
セレナ
公爵家の上級メイド。
レベッカに仕事の
基礎を教える。
ヨーレリー
レベッカの母。
自分に似ていないレベッカを
嫌っている。

# 目次

私はお母様の奴隷じゃありません！

「出てけ」と仰るなら、望み通り出ていきます

# プロローグ　もう愛されることは望まない

「レベッカ、掃除はすんだの？　まだでしょう？　早くしなさい」

お母様は、私に冷たい。

とてつもなく、冷たい。

お母様が私にかけてくれる言葉は、たったの三種類だけ。

『掃除はすんだの？』『洗濯はまだ？』『早く食事の支度をしなさい』

お母様のその日の気分で、多少言い回しが変わるが、基本的にこの三つだけだ。少なくともここ数年間は、私はお母様とまともに会話をした記憶がない。

お母様はお喋りが苦手……というわけでもなく、お姉様や妹とはよく話をして笑っている。つまり、私だけがお母様に嫌われているのだ。それも、徹底的に。

どうして私は、お母様に嫌われているのだろう？

どれだけ自問自答しても、その答えはわからなかった。

私はお姉様や妹と違って、一度だってお母様に口答えなどしたことがないし、お母様に命じられたことはすべてこなしてきた。

十歳の頃から家の掃除も、食事の準備も、家事はすべて私の役目だった。

その役目を、私は一日も休まず果たしてきた。一生懸命頑張っていればいつかはお母様も私を認め、母親として愛情を注いでくれる日が来るかもしれないと思っていたから。

しかし、十六歳の誕生日に私は思い知った。

お母様が私を愛してくれる日など、決して訪れないということを。

豪華なバースデーケーキとプレゼントで祝われた姉や妹とは違い、簡素なケーキすらも用意してもらえずに夕食が終わった。

私が食器の後片付けをしていた時、お母様が珍しく私の側に来て、こう声をかけたのだ。

「レベッカ。お前には、明日から奉公に出てもらうわ。今日中に支度を整えておきなさい」

私の意思を確認する気などない、冷たく事務的な言い方だった。

奴隷同然の立場であり、学校に通うことを許されなかった私でも、『奉公』という言葉の意味くらい知っている。偉い人のところで使用人になり、住みこみで働くことだ。

つまりそれは、この家を出て行けと言われているのに等しい。

突然のことに驚き、私は磨いていたお皿を落としてしまった。お皿は乾いた音を立てて砕けた。

運の悪いことに、それはお母様が一番気に入っているアンティークのお皿だった。

「ああっ、大事なお皿がっ……！　まったく、この子はっ！　何やってるの！」

お母様は金切り声を上げると眉間にしわを寄せて私をぶった。容赦のない平手打ちだったが、お母様はあまり力がないので、ぶたれても口の中が切れはしなかった。

それでも……お母様にぶたれると、頬の痛み以上に心が痛かった。

お母様はお皿のことは心配するが、私を心配してくれたことは一度もない。

どうしてお母様は、私を愛してくれないのだろう――

自分の心にしみじみそう問いかけると、寂しさと悲しさで涙が溢れそうになる。しかし、めそめそするとお母様はさらに不機嫌になるので、私はぐっと涙をこらえて謝罪する。

「お皿を割ってしまい、すみませんでした……」

お母様は大げさに舌打ちをし、それから、ため息を吐いた。

「本当に、最後の最後までドジな子だわ。……誰に似たのかしら」

割れたお皿を片付けるためにしゃがんでいた私は、その言葉を聞いて思わずお母様を見上げた。

「お母様、『最後の最後まで』って、どういう意味ですか……？　私、奉公が終わったら、またうちに帰ってきてもいいんですよね？」

そう問いかけながらも、私は薄々わかっていた。奉公に出てしまったら、たぶんもう二度とうちには帰って来られないことに。

お母様は「ふん」と鼻を鳴らし、縋《すが》るような目で見ている私を嘲笑《あざわら》った。

「驚いたわ、レベッカ。あなた、これまでずっと冷たくされてきたのに、まだこの家にいたいと思ってるなんて、ちょっとおかしいんじゃないの？」

そうかもしれない。

でも私は一度でいいから、この家でお母様に優しい言葉をかけてもらいたかった。そんな私のささやかな願いを蹴り飛ばすかのように、お母様はさらに冷たい言葉を浴びせた。

「いい機会だから言っておくわ。私、あなたのことが嫌いなのよ。だから奉公できる年齢になったら、この家から追い出そうと思っていたの。どうして私があなたを嫌いなのか、わかる？」

私は首を左右に振り、お母様の言葉を待った。お母様が私を嫌う理由を聞くのは恐ろしい気もしたが、それ以上にずっと知りたかったことでもあった。

お母様は私の顔を指さし、話を続ける。

「その顔よ。その顔が嫌いなのよ。あなた、私に全然似てないし、死んだ夫にも似てない。面影すらない。特におかしいのが目と髪よ。私も夫も、明るい髪色に青い瞳。なのにあなたは、髪も目もブラウン。こんなこと、ありえる？　あなた、一体何なの？」

何なのと言われても、私には答えようがない。

確かに、私とお母様はかなり雰囲気が違うし、他の姉妹とも似ていない。私が幼い頃に病死してしまったから、写真でしか見たことがないが、お父様の面影も私にはない。

お母様は、苛立たしげに舌打ちをする。

「ねえレベッカ。自分にまったく似ていない子供を育てる母親の気持ちがわかる？　ハッキリ言って、気味が悪いのよ、あなた。その気味が悪い娘が私に愛情を注いでもらおうとして、へりくだった態度を取ってるのを見ると、ますますゾッとするわ。だから、この家から出ていってほしいのよ」

お母様こそ、自分にまったく似ていないという理由で、一度も愛情を注いでもらえなかった子供の気持ちが、わかりますか？

そう問いかけようとして、やめた。聞いたところで、何の意味もないからだ。この人は私のことを決して愛さない。そのことがよくわかった。だから私も、もう愛を乞うのはやめよう。

私と少しも似ていない妹のリズが、お母様になじられている私を見て、嘲笑《あざわら》いながら言う。

「これでさよならね、レベッカ。でも、私は優しいからあんたに期待してあげるわ。奉公先で出世して、目いっぱいお金を稼いで、お給料をぜーんぶこっちに送ってよね。ま、でもやっぱり、ノロマのあんたじゃ出世は無理か。くすくすくす」

その陰険な笑みを見て、私は意外にもホッとしていた。彼女と似ていないことが、嬉しかったのだ。もう一人の姉妹であるラグララお姉様は、こっちを見ようともしない。私に何の興味もないからだ。この冷淡な姉に似ていないことも、私は嬉しかった。

私は立ち上がり、お母様だけを真っすぐ見据える。

「わかりました、お母様。私は明日、この家を出ていきます」

いつも卑屈だった私が、堂々とした物言いをしたのが不愉快だったのか、お母様は眉をひそめた。そして、つまらなそうに言う。

「別れの挨拶はそれだけ？　薄情な子ね。『今日まで育ててくれて、どうもありがとうございました』とか、言うべきじゃないの？」

私はもう、お母様の顔を見ていなかった。割れたお皿の残骸を捨てるため、勝手口から外に出る間際、一度だけ彼女のほうを見て言い放つ。

「あなたに育ててもらったことなんて、ありませんので」

その言葉が耳に入った途端、お母様の顔が怒りで赤くなった。小さな復讐が成功した喜びで、私の胸は少しだけスッとした。

# 第一章　新しい世界、新しい日々

そして翌日。私はわずかな荷物を持ち、奉公先であるアルベルト・ハーヴィン公爵のお屋敷に向かった。

奉公って、一体どんなことをするんだろう。家族以外の人とまともに口をきいたことのない私でも、上手くやっていけるだろうか。

緊張や不安が次々と浮かんでくるが、同時に開放的な気持ちでもあった。家事を押しつけられ、ほとんど家の中に閉じこめられていた私にとっては、たとえ身売り同然の奉公でも、新しい世界への出発だったからだ。

これからどうなるかはわからないけど、意地悪な家族に尽くし続けるよりは、きっとマシだろうという妙な安心感もあった。

そんなことを考えながら歩いているうちに、いつの間にか公爵様のお屋敷に到着していた。

さすが、この辺り一帯を治める領主様の住居だ。そびえたつ城壁に、立派な正門。そのたたずまいは、まるで小国の宮殿である。きっと、中には広いお庭もあるのだろう。

正門を守っていた門番さんに声をかけ、使用人専用の出入り口からお屋敷内に入れてもらう。そのまま私は小さな個室に通され、一人のメイドさんから奉公人の心得を教えてもらうことになった。

「私はこのお屋敷の上級メイド、セレナよ。これから、高貴な方にお仕えする際の心得を教えるから、集中して聞くように」

「は、はい。よろしくお願いします」

セレナさんの話は長く難しいものだったが、不思議と苦ではなかった。

私に対して真剣に向き合い、立派な奉公人に育てようとしてくれているのが、その話しぶりから伝わってきたからだ。

セレナさんは、少しも目をそらさずに話を聞き続ける私を見て、感心したように頷く。

「あなた、真面目ね。十代の奉公人は、こうして『奉公人の心得』を教えていると、皆眠そうな顔をするのに、あなたは全然集中を切らさないし、感心だわ」

もしかして、褒められたのだろうか？　……嬉しい。誰かに褒められるのなんて、いつ以来だろう。私は何だか恐縮してしまい、頭を下げた。

「あ、ありがとうございます。私、一生懸命努力して、ハーヴィン公爵閣下のお役に立てるよう頑張りますので、これからもご指導よろしくお願いしますっ」

「良い心がけね。……さて、これまでの話で基本的なことは教えたから、これから具体的な仕事について指導するわ」

そして私は、メイドさんたちの控え室である大部屋に案内された。

部屋の中には誰もいない。きっと皆、掃除や洗濯など、午前中に片付けなければならない仕事で、大忙しなのだろう。

　大部屋でセレナさんから仕事の説明を受けていると、一人のメイドさんがやってきた。肩まで伸ばした髪とやや吊り上がった大きな目から、快活そうな印象を受ける。年齢はたぶん、私とそれほど変わらないだろう。

　今まで、家の中で雑務ばかりをさせられていた私にとって、同年代の女の子と対面するのは久しぶりのことだ。私は何となく緊張して、ちょっとだけ身を硬くした。

　メイドの女の子はセレナさんを見ると、ペコリと頭を下げた。

「あ、セレナさん。どうもっす」

　セレナさんは頷きながらも、やや眉をひそめる。

「パティ。あなたもメイドになってもう半年経つんだから、いつまでもそんな言葉遣いでは駄目よ」

　パティと呼ばれたメイドの女の子は、ぽかんと口を開け、小首を傾げる。

　その仕草は、まるで猫のように愛らしい。

「えっ、自分の言葉遣い、なんかまずかったっすか？」

「ほら。それよ、それ。自分のことは『私』と呼びなさい。そして『っす』という物言いも良くないって何度も教えたでしょ。きちんと『です』『ます』と言いなさい」

「えぇ～でも自分、昔からこうっすから、今さら矯正できないっすよ。公爵様も、別に気にしないって言ってくれてますし」

「パティ！　たとえ公爵様が『気にしない』と仰《おっしゃ》られても、自分から態度を正していくのが模範的な奉公人の姿だって、何度言えばわかるの！」

「あちゃ〜、またお説教が始まったっす。それよりセレナさん、その子、何すか？　新しい奉公人っすか？」

セレナさんの気を逸らすように、パティさんは私を指さした。それで、今はお説教をしている場合じゃないと思い直したのか、セレナさんは軽く咳ばらいをした。

「ん……。そうね。今はレベッカに仕事の説明をするのが先だから、パティのお説教はまた次の機会にするわ」

「できれば、その機会が永久に訪れないことを祈るっす。あっ、そうだ。さっき、メイド長がセレナさんを探してたっすよ。なんか、急ぎの用があるらしいっす」

「あら、そう。困ったわね。まだレベッカには、奉公人の心得と大まかな仕事内容を教えただけで、これから具体的な指導をしなきゃいけないのに」

「なんなら、自分がセレナさんの代わりにやっとくっすよ。あの難解な『奉公人の心得』が終わってるなら、後は自分でも何とかなるっす。制服も、ちゃんとレベッカちゃんに合うサイズを選んで支給するっすから、心配ないっすよ」

「うーん……。確かにパティは言葉遣いはアレだけど、責任感はあるし、仕事もしっかり覚えてるから、任せてもいいかしら。言葉遣いはアレだけど……」

「何で二回言ったんすか」

そういうわけで、私への指導はパティさんが引き継ぐことになった。

セレナさんはパティさんに私を任せると、心配する様子もなく去っていく。口ではいろいろ言っていたが、実際はパティさんのことを信頼しているのだろう。

広い大部屋の中、初対面の女の子と二人きりになり、私は少しだけ緊張していた。そんな私の緊張をほぐすように、パティさんは快活に笑った。

「いやー自分と同年代の子が奉公に来るなんて、初めてっす。おっと、ちゃんとした自己紹介がまだだったっすね。自分はパティ・ソルルっていうっす。これからよろしく頼むっす」

学のない私でもパティさんの言葉遣いが少々おかしいのはわかったが、彼女の語り口は朗らかそのもので一切の邪気がない。自然と気持ちが和んだ。

私は、こちらからも自己紹介することにした。

きっちり四十五度の角度で頭を下げ、静かに言葉を発していく。

「レベッカ・スレインです。こちらこそ、よろしくお願いします。奉公に出るのは初めてでまだ何もわかりませんが、一生懸命仕事を覚えて、皆様のお役に立ちたいと思っています」

朗らかなパティさんの自己紹介と違い、互いの間に壁を作るような、堅苦しい物言いになってしまったが、パティさんは少しも気にせずに私の肩に手を置いてニコニコとほほ笑んだ。

「自分もまだわからないことだらけっすから、心配いらないっすよ。それに、自分たちみたいな十代のメイドは、そんなに責任のある仕事を任されたりしないし、あんまり気を張る必要ないっす。レベッカちゃん、掃除や洗濯はできるっすか？」

私は「はい」と小さく答えて、頷いた。

掃除や洗濯はできる……というより、学校にも行かせてもらえなかった私はそれくらいしかできることがない。

「私、掃除と洗濯くらいしかできませんが、パティさんのお邪魔にならぬよう、一生懸命……」

「あー、ストップストップ。だから、そんなに気を張る必要ないってば。それに同年代なんすから、自分のことは『パティ』って呼び捨てにしてくれていいっす。自分も今から、レベッカちゃんのこと、『レベッカ』って呼び捨てにするっすから」

「あ、はい……わかりました……」

「ちなみに、自分に対しては、敬語もいらないっすよ。普通に話してくれていいっす。自分、敬語って苦手っす」

「でも、パティさん……いえ、パティは語尾に『っす』ってつけてますよね？」

「これは、大好きなお爺ちゃんの影響っす。自分、誰に対してもこの話し方っす。昔、盗賊に襲われた時に、『てめぇ、その話し方、俺を舐めてんのか』って睨まれて死ぬほど怖かったっすけど、その時でさえも、この話し方は直らなかったっす。筋金入りっす」

「そ、そうなんだ……」

パティは、これまで私が出会ったことのないタイプの女の子だった。マイペースだがフレンドリーで、グイグイと心の距離を縮めてくる。

おかげで、私の緊張も徐々に解けていった。

……おっと、気を緩めてはいけない。パティは『気を張る必要はない』と言ってくれたが、それでも奉公初日なのだ。『使えない子』と思われないように、誠意とやる気を見せないと。

私は姿勢を正し、パティに向きなおる。

「あの、パティ。いつまでも遊んではいられないし、早速メイドの制服に着替えて、お仕事を始めたいんだけど……」

「おぉ～、やる気満々っすね。それじゃ制服を支給するっす。えっと、確かこの辺りに……」

パティは大部屋の隅にあるクローゼットを漁り、メイド服を何着か取り出した。それから、私の体を頭のてっぺんからつま先まで観察して、手持ちのメイド服と見比べる。

「これは……ちょっと大きいっすね。やっぱりこっちかな？　いや、こっちはこっちで小さいか。う～ん……」

そして、一分ほど悩んだ後、私に支給する制服が決まったのか、パティは「これにするっす」と頷いて、一着のメイド服を手渡してくれた。

受け取ったメイド服からは、とても良い香りがした。まるっきりの新品という感じではないものの、きちんと洗濯されており、何よりとても上質な手触りの良い生地でできている。

「綺麗な服……」

私は思わず呟いた。

パティがうんうんと頷く。

「そうっすよねぇ。自分もここのメイドになるまで、こんなちゃんとした服着たことなかったっす。

まあ、公爵様のお屋敷っすからね。仕える人間もそれなりの格好をしなきゃ駄目ってことで、上等な制服が用意されてるんだと思うっす」

なるほど。私はこれから正式に、公爵様に仕えるメイドになるんだ。

そう考えると、身が引き締まる思いだ。

私は一度咳ばらいをすると制服に着替えた。実測したわけでもないのにパティの見立ては大したもので、制服は私の体にピッタリだった。

大部屋の鏡には、綺麗なメイド服に身を包んだ私の姿が映っている。

昨日まで私を蔑《さげす》むお母様や姉妹たちに粗末な服を着せられ、奴隷のようにこき使われていたことを思うと、まるで生まれ変わったような気分だった。

そんな私を祝福するように、パティが拍手をしてくれた。

「いやあ、良く似合うっす。まあレベッカは美人っすから、どんな服でも似合うと思うっすけど」

美人？　私が？

一瞬、からかわれているのかと思ったが、これまで話した印象だけでもパティが人をからかって虐《いじ》めるような性格ではないことは、よくわかっているつもりだ。

となれば、パティは本気で私を美人だと褒めてくれたのだろうか？

私はこれまで自分の容姿が美しいのか醜いのかなんて、考えたことがなかった。どうせ日がな一日、家の中で雑事をこなしているだけだし、顔が綺麗でも汚くても私の人生には何の影響もないからだ。

……ただ、お母様に『気味が悪いのよ、あなた』と言われたくらいだから、少なくとも美しい容姿ではないと思っていた。

そんな私の容姿をパティは褒めてくれた。

何だか気恥ずかしくて、くすぐったくて、そして嬉しかった。

◆

そして私はパティに教わって、メイドの仕事を始めた。

パティが述べた通り、若い私たちに任される仕事は、それほど責任の重くないものだった。具体的に言うと、自分たちが使う大部屋の掃除や上級の使用人に割り当てられた個室の掃除、使用人たちの衣類の洗濯、そして、あまり使われていない客室のホコリを払うことなどだ。

つまり、公爵様に直接お会いすることはなく、使用人の使用人的な仕事が私たちの役目なのである。……正直言って、私はホッとした。ハーヴィン公爵はあまり領民の前に姿を見せず、冷徹な瞳をした恐ろしい人だという噂があったからだ。

もっとも、すでに何度か公爵様に会ったパティに言わせれば、「公爵様は見た目はキツイっすけど、いい人っすよ」とのことらしい。

彼女の言う『キツイ』がどういう意味なのかはよくわからなかったが、自分が仕える主《あるじ》の容貌をしつこく尋ねるのも何だか失礼な気がして、私はそれ以上は聞かなかった。

だが、私がこのお屋敷に奉公に来て一週間が経った日の夜。私自身の目で、ハーヴィン公爵のお顔を拝見する機会が訪れた。

いつも公爵様のお世話を任されているセレナさんが、流行り風邪にかかって熱を出してしまったのだ。彼女と行動を共にしていた他の上級メイドたちも感染している可能性があるので、急遽下級メイドの私かパティが公爵様にお茶をお出しすることになったのだ。

そしてパティは、あっけらかんとこう言った。

「自分、お茶を淹れるの苦手っすから、このお役目はレベッカのほうがいいと思うっす」

そんなわけで私は今、美しい銀のトレイにティーセットを載せて、公爵様の自室前に立っている。

胸がドキドキする。奉公に来てから、こんなに緊張するのは初めてかもしれない。慣れないお役目で粗相をしてしまい、公爵様のご機嫌を損ねてメイドをクビになったらどうしよう。

ハッキリ言って、このお屋敷での毎日は実家にいた頃に比べれば天国そのものと言っても良いくらい、幸せで充実した日々だった。

パティを始め、お屋敷の人たちは皆優しいし、一生懸命頑張ればきちんとその働きぶりを認めてもらえる。いくら尽くしても、愛情を向けてくれなかったお母様とは大違いだ。

ここをクビになったら、あの家に戻らなければならなくなる。

愛情の欠片もない親と、蔑《さげす》みの目しか向けてこない姉妹のいる家に。

そんなの、絶対に嫌——

これからも奉公を続けさせてもらうためにも、与えられたお役目を完璧にこなさないと。

そう意気ごんだ私は必要以上に気合を入れ、公爵様の自室のドアをノックした。

「何だ」

中から、鋭い声が響いてくる。短い言葉の中に堂々とした威厳を感じ、私はやや上ずった声で答えた。

「お、お茶をお持ちしました！」

数秒の間の後、言葉が返ってくる。

「そうか、入ってくれ」

私は覚悟を決めると、そっとドアを開けて入室した。

公爵様のお部屋は天井が高く、広々としていた。だが、燭台の数は少なく、部屋の中は薄暗い。

窓から差しこむ月の光も、雲に隠れてたよりない。

公爵様は立派な机に向かって、忙しそうに書き物をしている。

きっと、お仕事中なのね。

こちらに背を向けた状態なので、公爵様のお顔を見ることはできない。……今日、初めて自分が仕える主《あるじ》のお顔を拝見できると思っていた私は、少しだけガッカリした。

いやいや。公爵様のお顔よりも、自分の役目を果たすことに集中しないと。

私は丁寧にお辞儀をして、公爵様に声をかけた。

「本日、公爵様へのご奉仕を任されました、レベッカ・スレインと申します。どうぞ、お見知りおきください。それでは、お茶を淹れさせていただきます」

……言った後で『しまった』と思った。

高貴な身分である公爵様にとって、ただの下級メイドに過ぎない私の名前など、どうでもいいことだ。それが、聞かれてもいないのにペラペラと自己紹介した挙句、生意気にも『どうぞ、お見知りおきください』だなんて、私、何を言っているの。

完璧にお役目を果たそうとする気持ちが空回りして、出しゃばりすぎた。

こういう場合、単に『失礼します』とだけ言って、黙々とお茶をお出しして、後は静かに部屋の隅で控えているべきだったのに。私はお茶を淹れながらもお叱りの言葉を覚悟し、震えあがっていた。

しかし公爵様は特に何を言うわけでもなく、私の出したお茶を受け取ると一口飲み、それから再び書き物に戻った。

それでひとまず私はホッとした。

どうやら公爵様のご機嫌を損ねずにすんだようである。

私は足音を立てずに壁際まで行くと、待機の姿勢を取った。あとは公爵様に『下がれ』と言われるまでこの場に控えていれば、お役目は完了である。

三分ほど経過しただろうか。忙しそうだった公爵様が手を止め、椅子の背もたれにゆったりと寄りかかると、再びお茶に口をつけた。

「今日の茶は少し濃いな」

お役目がほとんど完了したと思って少々気を緩めていた私は、公爵様のその言葉を聞いて一気に緊張状態に引き戻された。

し、しまった……

公爵様は濃く淹れたお茶より、やや薄めのほうが好みだと、事前にセレナさんから聞かされていたのに。これは致命的なミスだ。今度こそお叱りを受けるに違いない。

謝って許されることではないが、それでも謝らないよりはいい。

私は勢い良く体を折り曲げ、謝罪の言葉を述べようとした。

だが、その前に、公爵様が口を開いた。

「まあ、たまには濃い茶もいいか。眠気も取れるしな」

……公爵様は、少しも怒っていないようだ。

しかし、ミスはミスなので、私はやはり謝罪することにした。

「も、申し訳ございません。私、公爵様のお茶の好みを存じておりながら、誤って濃く淹れてしまいました。どんな罰でもお受けしますので……どうか、どうか、お許しを……！」

そんな私に対し、公爵様はやや呆れたような表情を向けた。

「茶の淹れ方を間違えたくらいで、罰など与えるはずがないだろう。レベッカ、随分と緊張しているようだが、そんなに気を張る必要はない。今日はもう、下がっていいぞ」

威厳のある声だが、優しい言葉だった。

そして何より公爵様が『レベッカ』と、私の名を呼んでくれたことが嬉しかった。公爵様はさっきの図々しい自己紹介をちゃんと聞いていて、私の名前を覚えてくれたんだ。そう思うと、何だか胸の中が温かくなった。

その時だった。

月明かりを弱々しいものにしていた雲が晴れ、部屋の中が一気に明るくなる。そして私は、初めて公爵様のお顔をハッキリと見ることができた。

凛々しい口元に高い鼻、月光を受けて艶めくダークブルーの髪。そして、鋭くも美しき青い瞳。……公爵様は、とても美しい人だった。

そう、美しい。格好良いと表現するより、美しいと言い表すほうがふさわしい、彫像のように整った容貌。同時に、なぜパティが公爵様のお顔を『キツイ』と表現したのか、その意味もわかった。

それは、公爵様の目だ。

美しくありながらも少しも緩むことのないその瞳は、見る者にかなり厳しい印象を与える。公爵様ご自身の氷のような美貌と相まって、ある意味、人間離れした冷徹さを感じるほどだ。パティはそれをキツイと言い表したのだろう。

だがパティは、公爵様のことを『いい人っすよ』とも言っていた。

私もそう思う。まだほんの少し言葉を交わしただけだが、公爵様のお言葉や振る舞いから、使用人を見下し、酷い扱いをするような人ではないことがよくわかった。

……おっと、『今日はもう下がっていいぞ』と言われたのに、いつまでも室内にとどまっていて

は無礼である。私は小さく「失礼します」と述べると静かに退室した。

そして、公爵様のお部屋の前。私は一人、天井を見上げて呟いた。

「あの美しい人が、私のお仕えする公爵様なのね……」

思わず口に出たのは、どこか熱に浮かされたような、想いのこもった言葉だった。

◆

翌日。午前の仕事が一段落した私は、メイド用の大部屋で、パティとのんびり話をしていた。話題は、昨日初めて見た公爵様のお顔についてである。『あまりの美貌に驚いてしまった』と私が伝えると、パティはからからと笑った。

「自分も、初めて明るいところで公爵様のお顔を見た時はたまげたっす。女の人でもあんなに綺麗な人は見たことないっすからね」

「そうよね。私、パティが公爵様のお顔のことを『キツイ』って言ってたから、もの凄く怖い顔を想像してたぶん、倍ビックリしちゃった」

「あ～よく考えたらご主人様にキツイって表現使うの、失礼っすね。でも、他に良い表現が思いつかないっす。う～ん。『迫力がある顔』っていうのはなんか違うし……『怖い顔』っていうのはもっと違うんすよねえ……」

腕を組み、うんうんと唸るパティと共に私も少しだけ思案する。

「美しすぎて、近寄りがたいって感じ……かな？」

その言葉に納得したのか、パティはパンと手を叩いた。

「あ、それそれ。ピッタリっす。綺麗すぎて、人間味を感じないっす。……あ～また失礼なことを言ってしまったっす。でも自分、公爵様のこと好きっす。自分みたいに礼儀知らずの小娘にも、全然怒ったりしないし。凄く優しいっす」

「確かに、優しい方だった。私も昨日いろいろと失礼なことをしてしまったけど、少しもお叱りを受けることはなかったわ」

「そっすね。自分も公爵様が怒ったところ、見たことないっす」

「うん。私、公爵様が素敵な人で凄く嬉しい。公爵様がどんな人でも誠心誠意頑張るだけだって思ってたけど、やっぱり、優しくて尊敬できる方に仕えられるほうが嬉しいもの」

「激しく同意っす」


そしてまた、のんびりとした奉公の日々が始まった。

お医者様の見立てで上級メイドさんの流行り風邪は、もう完全に心配なくなった。あの日以来、私が公爵様の元に行く機会はなく、今まで通りの雑務をこなす毎日だったが、素敵な公爵様にお仕えしていると思うと、何だか今まで以上に仕事が捗った。

トラブルの『ト』の字もない、平和な毎日。

だが、その平穏な日々にちょっとした変化が起こった。

公爵様にお会いしてから十日が経った、ある日の夜。いつも公爵様のお世話を任されているセレナさんが、少しだけ不満げな顔で私にこう言ったのだ。

「……レベッカ。公爵様が今日からは私じゃなくて、あなたにお茶を運んでほしいって」

それは、少しも予想していなかった言葉だった。

「えっ？　どうしてですか？」

私が首を傾げて問うと、セレナさんはさらにムスッとしてしまった。

「知らないわよ、そんなの。こんなこと初めてだわ。公爵様が誰かを指名して、部屋に来るように仰《おっしゃ》るなんて。……あなた、この前私が休んでた間に、公爵様と何かあったの？」

その剣幕に私は少々圧倒され、たじろぎながら返事をする。

「い、いえ……普通にお茶をお出ししただけですけど……」

「本当に？　納得いかないわ。普通にお茶をお出ししただけなのに、どうしてあなたがわざわざ公爵様に指名されるの？　あなたと私、一体何が違うって言うの？」

返答に困って黙っていると、興奮気味だったセレナさんも我に返ったのか口をつぐむ。しわの寄っていた眉間を揉みほぐし、厳しい表情を緩めると私に向かって小さく頭を下げる。

「問い詰めるようなことをしてごめんなさい、レベッカ。今の私、完全に喧嘩腰だったわね。許してちょうだい。……それじゃ、お茶を運ぶお役目、お願いね」

そう言うとセレナさんは行ってしまった。

このお屋敷に来た初日、何も知らない私に一から奉公人の心得を教えてくれたセレナさんに詰問され、正直ちょっとショックだった。

しかし、さすがと言うか、セレナさんは自分で自分の感情を制御し、私と物理的に距離を置くことでこれ以上の諍《いさか》いを避けた。その行動はまさに、尊敬できる大人の女性の振る舞いだ。

セレナさんが不快に思うのも無理はない。これまで完璧に公爵様の身の回りのお世話をしてきたのに、公爵様ご自身の指名で役割が変えられてしまったのだ。心中穏やかでいられなくて当然だ。

しかも、セレナさんの役目を奪ったのは、奉公に来てまだ一ヶ月も経っていない新人だ。いろいろと疑問に思い、詮索をしたくなる気持ちもわかる。

それにしても、公爵様はどうして私を指名したのだろう？

セレナさんへの申し訳なさと公爵様への疑問が浮かんできた。それでも、私の心は少しだけ浮き立っていた。……再び公爵様に会えるのが嬉しかったのだ。


そして、公爵様にお茶をお出しする時刻となった。

私は十日前のように銀のトレイの上にティーセットを載せて、公爵様の自室前へとやってきた。さすがに二回目なので体も心も以前ほどガチガチにはなっていない。私は一度だけ深呼吸をすると丁寧にドアをノックした。

「公爵様、お茶をお持ちしました」

数秒してから公爵様の声が返ってきた。

「待っていたぞ。入ってくれ」

その言葉に、私の心は高鳴る。

公爵様の仰《おっしゃ》った『待っていた』という言葉は、もちろん『お茶を待っていた』のに決まっている。でも、それでも私は公爵様が『私のことを待っていた』ように感じて嬉しかった。

胸が弾み、私は自然と笑顔になる。

「失礼します」と声をかけて入室する。今日の公爵様は、特に書き物などはされていなかった。部屋の中央に置かれたソファでゆったりとくつろぎ、公爵様はその美しい瞳で私を見据えている。

私は目をそらすこともできず、公爵様の視線を受け止めた。そのため、自然と見つめあう形になった。しばらく無言のまま時は流れていく。

いつまでたっても何も言わない私に対し、公爵様は首を傾げる。

「どうした。さあ、早く茶を淹れてくれ」

そこでやっと、この部屋に呼ばれた理由を思い出した私はぺこりと頭を下げ、いそいそとお茶の用意をする。

は、恥ずかしい。一時とはいえ、公爵様に見とれて自分の仕事を忘れてしまうなんて。

羞恥心から私は唇を真一文字に結び、何とかお茶を淹れ終えた。そして、淹れたてのお茶を公爵様にお出ししたところで、ミスに気がついた。

しまった……！　この前、公爵様の好みではない濃いお茶を出してしまったから、今日は絶対に薄めのお茶を出そうと思っていたのに、慌てていたせいでまた濃いお茶を出してしまった。

しかし、もうカップに口をつけている公爵様に、『それを飲んではいけません』と言うこともできず、私はただ黙って公爵様がお茶を飲むのを見ているしかなかった。

公爵様は一口お茶を飲むとティーカップをソーサーの上に戻し、「ふぅ」と息を吐いた。きっと、二度も続けて濃いお茶を出した私に呆れているに違いない。

私自身も自分のうかつさと愚かさに呆れ、思わずメイド服の裾を両手で握りしめていた。許されるなら、すぐにこの場から逃げ出したい気分だった。

だが、そんな私に対し、公爵様は柔らかな笑顔を向けて、意外な言葉を発せられた。

「うん、美味い。この味だ。お前の淹れた、この濃い茶が飲みたかったんだ」

「……えっ？」

「もう、十日ほど前になるか。あの夜、お前が淹れてくれた茶の味が忘れられなくてな。こうして、また来てもらったのだ」

「そ、そうだったんですか……」

私はひとまずホッとした。二回も続けてミスをしてしまったが、結果的には公爵様のご期待を裏切らずにすんだからだ。

公爵様はさらに一口お茶を飲み、美味しそうに吐息を漏らしてから話を続ける。

「お前の淹れる茶は本当に美味い。私はあまり濃い茶が好きではないのだが、この茶は別だ。渋みがまったくなく、うま味だけが凝縮されている。それに、香りも優しい。レベッカ。まだ若いのに、どこでこのような技術を身につけたのだ？」

私はしばし考え、思い浮かんだことを言葉にする。

「えっと、あの、母が濃いお茶を好きだったもので、その、母の好みに合わせて美味しいお茶を淹れようとするうちに、自然と身についたんだと思います……」

そう。私はお母様に好かれたくて、美味しいお茶を淹れる方法を一生懸命勉強したのだ。その挙句に家から追い出されたので、すべては無駄な努力だったと思っていたが、身につけた技術がこんな形で役に立つなんて、不思議なものである。

公爵様は「なるほど、そういうことか」と言い、もう一度お茶を飲む。

そして、立ったままの私を見上げながら言葉を発した。

「母のためにこれほど美味い茶を淹れようと努力するとは、良い心がけだ。お前の母も喜び、お前のことをさぞ可愛がったことだろう」

それは、チクリと胸の奥を刺す言葉だった。

公爵様に悪気がないのはわかっている。でも、少しだけ辛かった。お母様は私のしたことで一度も喜びはしなかったし、ほんの少しだって私を可愛がってはくれなかったから。

その感情が思わず顔に出たのだろう。

公爵様は私を見て怪訝そうに首を傾げた。

「どうした？　なぜそのような顔をする」

きっと、今の私は酷い顔をしているのね。私は小さく首を振り、ぎこちなく笑顔を作った。

「いえ、何でもありません」

「何でもないということはないだろう。そうか、私は何か、お前の気に障ることを言ってしまったのだな。すまない、私は雑談が苦手でな。父にもよく言われたよ。『お前の話は不快だ』と」

公爵様は寂しげに微笑すると、下級メイドの一人に過ぎない私に向かって、もう一度「すまない」と言い、なんと頭を下げた。

私はすっかり恐縮してしまい、大慌てで言葉を紡いでいく。

「そんな、公爵様、私なんかに頭を下げないでください。公爵様は何もおかしなことなんて仰《おっしゃ》っていません。私が勝手に昔のことを思い出して、それが顔に出てしまっただけなんです」

「昔のこと？」

「はい。……私、昔からお母様に嫌われていたんです。お母様は、一度だって私に笑顔を見せてくれることはありませんでしたし、私を可愛がってもくれませんでした。私がこのお屋敷に奉公に出されたのも、お母様が私を家から追い出したかったからなんです」

お優しい公爵様が静かに耳を傾けてくれるのに甘え、私は自分のことを語り続けた。これまで我慢してきた苦しみや悲しみを、私は安心できる誰かにずっと話したかったんだと思う。

公爵様は私の話を遮らず、胸の前で両指を組み、瞳を閉じて聞き耳を立ててくれている。しばらくして話が終わると、公爵様はかすかなため息を漏らした。

「……そうか。親と折り合いが悪いのは辛いな。わかるよ、私の場合は母ではなく父だったが」

そこで一度言葉を切り、今度は公爵様が先程の私のように語り始めた。

「私には弟がいてな。父は長男の私ではなく、弟のほうを可愛がった。……その理由は、私の顔だ。弟の顔は父によく似ていたが、私の顔は父の面影がまったくなく、父は私のことを母の不貞で生まれた子ではないかとずっと疑っていたよ」

「そんな……」

「もちろん、そのような事実はない。だが、猜疑心《さいぎしん》の虜になった父は母と私を徹底的に冷遇し、弟を自らの後継者とするつもりだった。ところが一年ほど前、父にとっても私にとっても思いもよらないことが起こった……」

公爵様は薄暗い天井を見上げ、悲しげに目を細めながら言葉を続けた。

「弟が落馬し、首の骨を折って死んでしまったのだ。父はショックと絶望で体調を崩し、その二ヶ月後、弟の後を追うように他界したよ。……死ぬ間際に父が私に言った最期の言葉は、『お前が死ねば良かったのに』だった」

なんて酷い話だろう。

公爵様——というより高貴な身分の方々は、生まれつき恵まれていて、何の苦しみもない人生を送っているのだと思いこんでいたが、それは間違いだった。

人は皆、どんな身分や立場に生まれても、それぞれの悩みや苦しみを抱えて生きているのだ。公爵様もきっと、たくさん辛い思いをしてきたに違いない。

そんな公爵様に、図々しく自己の生い立ちに関する苦しみを打ち明けた自分を、私は恥じた。

話が一段落すると公爵様はハッと我に返ったような顔になり、どこか気恥ずかしそうな笑みを作った。

「ふふ、すまんな。こんな話をされても、困ってしまうだけだな」

「い、いえ、そのようなことは……」

「不思議だ。どうして、こんなことを話す気になったのだろう。私はあまり自分のことを語るのは好きではないのだが。特に父の最期の言葉なんて、誰にも話したことがないのに……」

そして、公爵様はすっかり冷めてしまったであろうお茶を一息に飲んだ。空になったティーカップをソーサーの上に置くと、公爵様は私を見て、「うん、冷めていても美味い」とほほ笑んでくれた。

「レベッカ、私のつまらぬ話を最後まで聞いてくれてありがとう。良ければ明日からもこうして茶を淹れ、私の話し相手になってほしい。お前はとても話しやすい」

その言葉を聞いた途端、私の心の中に不思議な感情が広がった。

胸の奥がぽかぽかとして、くすぐったいのにそれが何だか心地良い。……もしかしてこれが、『胸がときめく』ということなのだろうか。

そうだ。私は公爵様の話し相手に選ばれたことに、ときめいているのだ。一度自覚するとますます胸は高鳴り、私はもうまともに言葉を紡ぐことができなくなった。

かわりに静かに頷いた。

それから、かすかに震える声で「はい、喜んで」とだけ呟く。

公爵様はそんな私を見て、優しいほほ笑みを浮かべる。その、すべてを包みこむようなほほ笑みが今、私だけに向けられているのだと思うと、喜びで心が浮き立つようだった。

◆

それから、二週間の時が流れた。

私は日々、朝から晩までメイドとしての仕事に励み、それらがあらかた片付いた夜に一日の最後のお役目として公爵様の元にお茶を運び、話し相手を務めさせていただいている。

毎夜のように公爵様の私室に呼ばれる私を見て、噂好きの使用人たちが『もしかしてレベッカは公爵様の寵愛を受けているのではないか』と囁き合うようになったが、その噂話はすぐに消えた。

なぜかと言うと、噂話の類《たぐい》が大嫌いなセレナさんが、私と公爵様の関係を邪推する人を見つけてはもの凄い剣幕で怒鳴りつけたからだ。『公爵様は十代の少女を弄ぶような方じゃありません。くだらないことを話している暇があったら、もっと真剣に働きなさい』と。

セレナさんの言う通り、公爵様の私に接する態度は異性に対するものというより、兄が妹に語りかけるようだった。

……幼い頃に父を亡くし、その面影すら知らない私にとって、公爵様の振る舞いは温かな安らぎを覚えるものだったが、一抹の寂しさを感じることもあった。

公爵様はきっと私を女としては見ておらず、年の離れた妹のように思っているのだろう。今まで感じたことのない感情に戸惑わずにはいられなかった。

さて、それはそれとして今日で私がこのお屋敷に奉公に来てちょうど一ヶ月であり、同時に初めての給料日だ。……もっとも、私のお給料はすべて実家に送金される手はずになっているので、私が実際にお金を受け取ることはないのだが。

私はそんなことを思いながら、大部屋で一人ずつ名を呼ばれ、会計担当者のセレナさんから手渡しでお給料の入った袋を受け取るメイドたちを眺めている。

どこか、遠くの世界の出来事を見ているような気分だった。

すると、不意に私の名が呼ばれる。

「レベッカ。あなたのお給料について、公爵様から直々にお話があるそうよ。今から公爵様の執務室に行ってもらえる？」

私はどういうお話だろうと思いつつ、執務室に向かった。

丁寧に挨拶をして入室すると、公爵様はほほ笑みながら私を迎えてくれた。

「来たか、レベッカ。少し聞きたいことがあってな。お前の給料が全額実家に送金されることになっているのを知ったセレナが、奇妙に思って私に報告してきたのだが、それは本当か？」

「は、はい。本当です」

公爵様は怪訝そうな顔で首を傾げる。

「この屋敷で働く奉公人にはそれぞれ事情があり、病気の家族のために実家に仕送りをしている者も何人かいる。しかし、さすがに全額送金する者はいない。給料をすべて実家に送ったら、お前はどうやって生きていくのだ？」

「それは大丈夫です。メイド用の大部屋に住まわせていただいて、食事も毎日食べさせてもらえるので、お金を使うようなことがないんです。日用品や肌着は必要な分だけありますし」

「だが、身を粉にして働いて得た給料だ。何か欲しいものはないのか？　服でもいい、本でもいい。町に行ってご馳走を食べるのもいいだろう。それくらいの贅沢をしてもいいだけの働きを、お前はしたのだ。この一ヶ月の真面目な働きぶりは皆が認めている。もちろん、私もな」

褒めてもらえるのはとても嬉しいが、そう言われてもやはり特に欲しいものはない。このお屋敷で出る食事は美味しいし、わざわざ町に行って食べ歩きをしたいとも思わない。

私はちょっとだけ困ったような笑顔を浮かべ、首を左右に振った。

「でも私、本当にお金は必要ないんです。公爵様にお仕えして、お屋敷の皆さんにも優しくしてもらえて、それだけで十分幸せです。だから……」

「その気構えは立派だと思うが、それにしても全額送金とはな……。お前の家族は何か働けない事情があるのか？　皆、大変な怪我や病気をしているとか……」

「いいえ、全員健康です。死んだ父が残してくれた遺産がありますので、生活には困っていません。ただ、その遺産も少しずつ減ってきているので、私のお給料が手に入れば今より良い暮らしができると思います」

「つまり、お前の家族は自分たちが良い暮らしをするために、お前の稼いだお金を全額徴収しようとしているということか」

それは、いつも穏やかな公爵様にしては厳しい声だった。私は少々圧倒され、たじろいだ返事をしてしまう。

「え、えっと、そういうことになるのでしょうか。でも私、本当にそれでいいんです。家族も喜んでくれるでしょうし……」

何よりお金を送らないことに家族が憤慨して、トラブルになったら嫌だし……

弱気な思いから語尾が小さくなっていく私の様子を見て、公爵様は不思議そうに首を傾げ、黙ってしまった。

やがて自分自身を納得させるように何度か頷いてから、美しくも厳しい目で私を見据える。

「……わかった。お前の給料だ。お前がしたいようにするべきだろう。だが、何もわざわざ給料を送ってやることはない。送金だって多少は手数料がかかるからな。こちらから連絡して取りにこさせよう。それくらいのことはさせるべきだ」

それでは結局、お給料を取りに来る家族と対面してトラブルになってしまう可能性がある。でも、これ以上ゴネて公爵様に手間を取らせるのも失礼だろう。私は「わかりました」と、小さく頷いた。

## 第二章　私は奴隷じゃない

そして時間は流れ、その日の夕方。私の一つ年下の妹であるリズが給料を取りにきた。使用人たちが利用する休憩室の外にある庭で、私はリズと面会する。

リズは見るからに不機嫌そうだった。

私の実家から公爵様のお屋敷までは少々距離があり、歩いてくるのに疲れたのだろう。リズは大げさなため息を漏らし、私を睨みつける。

「よくも呼びつけてくれたわね。約束が違うじゃないの。あんたの稼いだ金は、そのまんまうちに送られるはずでしょ？　何で私がわざわざ取りにきてやらなきゃならないのよ。あんたって、本当に使えないわよね。いっつも余計なひと手間を増やすんだからさ」

その憎々しげな語り口に、こっちまでため息が漏れそうになる。

小さな頃から、お母様に蔑《さげす》まれている私を見て育ったリズには、私を姉として敬う気持ちなんて一切ない。私が奉公に出される時も陰湿な笑みを浮かべて私を見ていた。

しかし、今のリズの苛立ちの原因は、単に疲れているせいだけではなさそうだ。

きっと私が奉公に出たことで、リズのうちでの立場はあまり良くないものになっているのだろう。

奴隷同然の私がいなくなった以上、末っ子のリズが我が家で一番下の立場になる。お姉様にこれまで私が言いつけられていた雑事を押しつけられ、リズはイライラしているのだろう。

そして今そのイライラを私にぶつけ、ストレスを解消しようとしているのね。

リズはぐちぐちと、聞くに堪えない罵詈雑言を吐き出し続けている。その言葉に論理的な整合性はなく、グズだの馬鹿だの、幼稚で汚い言葉を使って罵っているだけだ。

昔の私はリズにそういったことを言われると、みじめで悲しくて泣きたくなったものだが、不思議なことに今は少しも悲しくない。

これはたぶん、環境が変わったことが大きいのだろう。

かつては意地の悪いお母様と姉妹に囲まれた家の中だけが、私の世界のすべてだった。しかし今は違う。公爵様のお屋敷で働かせてもらう中で私の世界は大いに広がり、これまでずっと押し殺していた自我のようなものが、少しずつ強くなっていくのを自分でも感じていた。

それを成長と言っていいのかわからないが、私の内面が変わりつつあることは確かだ。

私はやや冷めた目で、ぴーちくぱーちくと囀《さえず》り続けるリズを見る。……もう十五歳で私と違って学校にも通わせてもらっているのに、ひねくれた幼児のような悪口しか言えないリズが何だか哀れにすら思えてきた。

同時に心の中で、炎に似た小さな怒りが芽生える。

それは家を離れる時に『あなたに育ててもらったことなんて、ありませんので』とお母様に言い返した時のような、反逆心だった。

……何で、こんな家族にお金を渡さなければならないのだろう。

お給料を独り占めしてトラブルになるのが嫌だったから素直にお金を送るつもりだったのに、結局こうしてリズと顔を突き合わせて、馬鹿馬鹿しい文句を言われている。

これ以上、身勝手な妹の悪口を聞き続ける義務が私にあるだろうか？　身勝手な家族にお金を渡し続ける責任が私にあるだろうか？

ないに決まっている。

そもそもなぜ、私は一生懸命稼いだお金をこの人たちに渡そうとしたのだろう。私のことを奴隷としか思っていない家族たちに。

特にお金を使うことはないし、今の生活で十分幸せだから？　それもある。

トラブルが起こって、今の生活が壊れるのが嫌だから？　それもある。

……しかし、今になってやっと気づいた。本当の理由は、もっと別のところにあったのだ。

私はきっと、いまだに家族からの愛情を求めていたに違いない。どんなに求めても得られなかったものを、どうしても諦めきれなかったのだ。

一ヶ月前、もうお母様から愛を乞うのはやめようと決心したのに、それでも心の奥底では、皆に私を家族として認めてほしいという気持ちが残っていたのだと思う。

だから、働いて得たお金を渡せば、もしかしたら皆が『よく頑張ったね』と褒めてくれるかもしれないと期待していたのね。

なんて卑屈だったんだろう。私は、自分で自分のやっていることに腹が立った。

無意識のうちに家族に媚《こび》を売り、完全なる心の自立を諦めていたなんて。これではまるで、ご主人様のご機嫌を伺う、本物の奴隷だ。

奴隷のように扱われ続けた長い年月が、これほどまでに自我を委縮させていた事実に、私は恐怖と怒りを覚えた。その怒りが、恐怖を押しのけて燃え上がる。

そんな私の内心にはまったく気づかず、リズは相変わらず汚い言葉を吐き出し続ける。

「あんたは昔からそう。命令すれば言うことは聞くけど、グズだから結局役に立たない。あ、でも、家事だけはまあまあね。私がいつか素敵な人と結婚したら、面倒な炊事や洗濯、掃除は、あんたにさせてあげるわ。あはっ、嬉しいでしょ？　あんた、こき使われるのが好きだもんね！」

ふざけないで、私はあなたたちの奴隷じゃない——私の怒りは頂点に達した。

「うるさい」

私は、大きくはないが毅然とした声でリズの言葉を遮った。

まさか私が言い返してくるとは思っていなかったのか、リズは一瞬、驚いたような顔になる。しかし、またすぐ嫌な顔に戻って、陰湿な言葉を次々と噴出させていく。

「うるさいですって？　何？　今の、あんたが言ったの？　嘘でしょ？　いつも言われっぱなしのノロマのレベッカが、この私に言い返したってわけ？　こりゃ驚きだわ。今日は大地震でも起きるんじゃないかしら」

「『この私』ですって？」

「な、何よ。何笑ってるのよ」

「いいえ、たかが十五歳の何者でもないあなたが、よくもそんなふうに自分のことを言えるものねと思って」

「何ですって!?」

「もちろん世の中には、十五歳でも凄い人はいるわ。絵が上手かったり、頭が良かったり、若い頃から優秀な能力を発揮している人は大勢いる。そういう人たちなら、自分を『この私』って言いたくなる自負心が強いのもわかる。でもあなたは違うでしょ？　少なくとも、優秀じゃない」

「な、なっ……」

「勘違いしないでね。私、優秀な人だけが偉いって言ってるわけじゃない。地道な努力ができる人は、それだけで凄いと思う。でもあなたは違う。怠惰なあなたは、他人を見下して嘲笑《あざわら》うばかり。恥ずかしくないの？　他人を下に見たって、自分が上になれるわけじゃないのよ？」

自分でも驚くほど、口がよく回った。

これはきっと毎夜、公爵様のお話の相手を務めさせていただいているからだろう。博識で聡明な公爵様のお言葉が私の中で生きており、それが力を貸してくれているようだった。

「うぐっうぅ……！」

リズは私の言葉に何も言い返せず、怒りで顔を真っ赤にして唸った。その顔は一ヶ月前、私の言葉で激怒したお母様にそっくりだった。

私はさらに言葉を続けた。リズを傷つけたいからではない、自分の中にある卑屈さを徹底的に壊すためにだ。そう、私はリズに言い返すことで、私を縛る『家族』という呪いから自由になろうとしていたのだ。

「きっと、赤の他人と正面から争うのは怖いんでしょうね。あなたが虐《いじ》められるのは、気の弱い姉の私だけだもの。でも、一方的に攻撃できる相手だったはずの私がこうやって言い返してきたら、もうだんまり。お互いに言い争う覚悟すらないのなら、これからは壁にでも向かって悪口を吐いていなさい」

最後の一言がリズの自尊心を完膚なきまでに破壊したのか、リズは奇声を上げると、思ってもいなかった行動に出た。なんと、庭にあったブロックを掴み上げ、殴りかかろうとしてきたのだ。

私は避けようとするが、リズがこれほど荒っぽいことをしてくるとは思っていなかったので、一瞬反応が遅れてしまう。

しかし結局、私が殴打されることはなかった。いつの間にか現れた公爵様がリズの細い腕を掴み、ブロックを取り上げたからだ。

突然現れた公爵様を前にリズはオロオロと慌てるばかりで、言葉を発することもできない。やはりリズの強気は私だけに限定されるようだ。

黙ったままのリズに、公爵様は厳しい表情を向ける。

「姉妹同士、時には激しい喧嘩になることもあるだろう。だが、これはやりすぎだ。こんなもので殴れば、軽い怪我ではすまない。お前は実の姉を殺すつもりか？」

「え、そ、それは……私、別にそこまで深く考えては……」

リズのその言葉を聞き、公爵様は一気に声を張り上げた。

「深く考えずに、凶器まで使って暴力を振るおうとしたのか!?　思慮が浅すぎる！　お前のような野蛮な人間に、公爵家の屋敷内に留まる資格はない。今すぐこの屋敷から出て行け！」

その一喝でリズは飛び上がり、私の給料を回収に来た使命も忘れ、悲鳴をあげてお屋敷から出て行った。大人の男性に怒鳴られたのが、よっぽど恐ろしかったのだろう。自分を叱ったのが公爵様だと知ったら、ショックで倒れてしまうかもしれない。

逃げて行くリズの背中を見ながら、公爵様は大きなため息を漏らした。

「言葉でやりこめられたからといって、凶器で姉を殴ろうとするとは、なんという娘だ。とてもお前の妹とは思えん。今、少し脅かしてやったことで、多少は性根が真っすぐになるといいのだが」

そこで一度言葉を切ると、公爵様は沈痛な面持ちで話を続ける。

「すまなかった、レベッカ。お前が給料を送金することにこだわったのは、直接家族と会って今のようなトラブルが起こるのを危惧していたのだな。それなのに私は、その気持ちも考えずに『給料を取りにこさせるべき』などと決めつけてしまった。あと少しで大変なことになるところだった」

「……確かに私は家族と直接会うことで、トラブルが起こるのを恐れていました。いえ、もしかしたらトラブルになった結果、かろうじてあるはずの『家族の縁』が完全に切れてしまうのが、不安だったのかもしれません」

馬鹿みたい。『家族の縁』なんて、最初からなかったのに。あの人たちにはほんの少しだって、私のことを想う気持ちなんてない。

私はリズが逃げて行った方向をじっと見た。それから、公爵様に向きなおって言う。

「今日、公爵様の仰《おっしゃ》る通りに家族を呼んで良かったと思います。そうじゃないと、きっといつまでもあの人たちに心を縛られていたでしょうから。……やっと決心がつきました。もう、あの人たちを家族とは思いません。今この時をもって、あの人たちと完全に縁を切ろうと思います」

「それが良いだろう。本来なら家族関係に口を出すのは行きすぎだと思うが、先程の娘のお前への態度は酷すぎた。あれを見ればお前が実家でどんな扱いを受けていたのか、容易に想像することができる。毎日辛かったことだろう」

これ以上公爵様を心配させないために、私は精一杯元気な表情を作ると、助けてもらったお礼を述べる。

「大丈夫です。今はとっても幸せですから。それよりも公爵様。先程はありがとうございました。もしかして、最初から私を見守ってくれていたんですか？」

「ああ。どうも嫌な予感がしてな。この屋敷で働く者は、私の家族も同然だ。危険が迫ったなら、必ず守らなければならないと思っているよ。それに、お前のことは特別に気になるのだ」

お前のことが特別に気になる——

突然の言葉に心臓が大きく弾み、トクトクと鼓動が速まる。

……それは、どういう意味ですか？

そう尋ねる勇気と大胆さは、今の私にはまだなかった。そんな私の動揺も知らずに、公爵様は時計塔を見てほほ笑んだ。

「おっと、もう日暮れだな。執務に戻らねば。レベッカ、お前も仕事に戻ってくれ」

公爵様の仰《おっしゃ》る通り、赤く輝く夕日が、ほとんど山間に沈みつつあった。……そうだ。今から食糧庫の整理をしなきゃいけないんだった。これ以上話しているわけにはいかない。

私は「わかりました」と頷き、心に浮かんだ疑問はひとまずそのままにしておいて、仕事に戻ることにした。

◆

そして、夜。いつも通り公爵様のお部屋に呼ばれた私は、勇気をふりしぼって「どうして私のことを特別に気にかけてくださるのですか？」という疑問を、直接公爵様に投げかけた。

若干不遜《ふそん》ではあるが、敬愛する公爵様にあんなことを言われて、その真意を問わずにいることは、私にはできそうになかった。

公爵様は私の淹れたお茶を一口飲み、「美味い」と呟いてから問いに答えてくれた。

「お前も私も、懸命に親から愛されようとしたが、愛されることはなかった。そのせいかな、私はお前を他人とは思えない。公爵家の使用人たちは皆よく尽くしてくれるが、それでもこれほど親近感を覚えたのはお前が初めてだ。だから、特別に気になるのだよ」

「あっ、なるほど、そうでしたか……」

自分でも驚くほど気の抜けた声が出た。

高貴なる公爵様が私のことを『他人とは思えない』とまで仰《おっしゃ》ってくれているのに、この呆《ほう》けた返事。私は一体、何を期待していたのだろう。肩透かしを食らったような私の顔がおかしかったのか、公爵様は軽く笑った。

「ふふっ。どうした、レベッカ。狐に化かされたような顔をして」

「わ、私、そんなにおかしな顔をしていますか？」

「お前はこの部屋に来るといつも緊張しているから、そういう呆《ほう》けた顔は新鮮だな。ところで、いつも言っているが立って控えているのはやめて、そろそろこのソファに座らないか？」

公爵様はそう言って、自分の隣のスペースをぽんぽんと手で叩く。

毎夜お話し相手を務めることで、私も随分と公爵様に接することに慣れはしたが、さすがにそれは不敬が過ぎる。主は座り、使用人は起立する。当然のことだ。私はいつも通りに、恐縮しきって頭を下げた。

「こ、公爵様。いつも申し上げていますが、私のような下級メイドが公爵様と同じソファに座るなんて、恐れ多くてとてもできません。どうかお許しください」

「だが、ずっと立ちっぱなしでは疲れるだろう。何よりお前を立たせたまま、私だけ座って話を続けるのは決まりが悪い。私の顔を立てると思って、ソファに腰を下ろしてほしいのだが……」

「でも……」

「駄目か。お前もなかなかに強情だな。よし、では発想を逆転して私が立つとしよう」

公爵様はニコリと笑って、ティーカップを持ったまま立ち上がった。そして、そのままお茶を飲み、小さく首を傾げる。

「……立ったまま茶を飲むというのは、思ったよりも落ち着かないものだな」

その言葉が何だかおかしくて、私はくすりと笑ってしまった。そんな私を見て、公爵様も嬉しそうにほほ笑む。

「やっと笑ってくれたな。緊張した顔と呆《ほう》けた顔以外の表情を見せてくれて嬉しいぞ。お前はそうやって笑っているほうが可愛いよ」

「可愛いだなんて、そんな、からかわないでください……」

「別にからかってはいない。私は思ったことを正直に言っただけだ」

公爵様は美しい瞳で私を見据え、こともなげに言った。それで私は凄く恥ずかしくなり、顔も熱くなって、その熱をどこかに逃がそうとするように慌てて言葉を発していく。

「あ、あの、公爵様。以前からお聞きしたいことがあったのですが……」

「なんだ？」

「夜、公爵様にお茶をお出しするのは、上級メイドのセレナさんのお役目だったはずです。……どう考えても、セレナさんのほうが私より優れています。公爵様が飲みたいと仰《おっしゃ》る濃いお茶も、セレナさんに頼めばきっと私より上手に淹れることができるはずです」

「ふむ……」

「それなのに、どうして私を指名してお部屋に呼んでくださるのですか？」

公爵様はティーカップをテーブルに置いて私に向きなおると、やや真剣な表情をした。

「こうして、毎晩呼ばれるのは嫌だったか？」

私は自分の頭がはずれて飛んで行きそうなほど激しく首を左右に振り、否定した。

「そんなことありません！　私、こうやって毎晩公爵様のお話し相手になれることがとても嬉しくて、光栄に思っています。でも、どうしても不思議でならないんです。私よりセレナさんのほうが優秀で、美人で、完璧なのに……」

「確かに、うちの使用人であれほど見事なメイドは他にいないだろう。古今東西の礼法に通じ、あらゆることを完璧にこなす。メイド長もそろそろ定年が近いし、この屋敷のメイドを統括しているのは、実質セレナだと言っても過言ではあるまい」

「はい。セレナさんはまだ二十歳なのに、堂々としていて、身分の高いお客様をもてなす時の所作もまさに完璧です。私、セレナさんに憧れているんです」

「セレナは完璧……うん、そうだな。そう、確かに完璧だ……」

公爵様は口の中で反芻するように、何度も『完璧』と繰り返した。それから少しだけ俯《うつむ》いて、言葉を続けていく。

「だが、完璧というものは息がつまる……」

「えっ？」

「これは本人には言わないでほしいのだが、私はセレナといると少し疲れるのだ。完璧なメイドが仕えるのにふさわしい、完璧な主人でいなければならないという気になってしまってな。もちろん、セレナが『いつも完璧でいてください』と言ってくるわけではないのだが……」

私には、少しだけ公爵様の言っている意味がわかった。

完璧な立ち振る舞いをするセレナさんと一緒にいると、無意識に『こっちもちゃんとしなければ』『みっともないところは見せられない』と思い、肩に力が入る。……公爵様のような身分の高い方でも私と同じことを感じていると思うと親近感を覚え、ちょっぴり嬉しかった。

「レベッカ、お前も優秀だが、セレナと比べればまだまだ完璧ではない。だが、その完璧でないところがいい。お前といると心が落ち着く。一日の終わりに、気の休まる相手と話せるのは素晴らしいことだ。お前がうちに来てくれて、本当に良かったと思っているよ」

「公爵様……」

「だから、そんなお前にいつまでも形式ばったよそよそしい態度を取られると、少しだけ辛い。……私の心を助けると思ってこれからは隣に座り、友のように気安く話をしてくれないか？」

そこまで言い切ると公爵様は再びソファに腰かけ、私を見上げた。

私は十秒ほど迷ったが決心した。「失礼します」と言い、ゆっくりと公爵様の隣に腰を下ろす。……公爵様がこれだけ『隣に座りなさい』と言ってくれているのにかたくなに拒否するのは、それはそれで無礼であると思い直したのだ。

いや、違う。そんな難しい話じゃない。

私は本心では公爵様のお隣に座って話がしたいと、ずっと思っていた。でも、その気持ちをメイドとしての節度を守らなければならないという理性で、無理やり押しとどめていた。

その理性が今、崩れ去った。セレナさんならきっと、キッチリ節度を守っただろうけど、私には無理だった。……だって私は、完璧じゃないから。

私が隣に座ったことで、公爵様は嬉しそうにほほ笑んでくれた。その美しい笑顔が見られただけでも、自分が完璧じゃなくて良かったと私は思った。

それから私は公爵様と隣り合い、いつも以上に親密な雰囲気でお話をした。何だか公爵様との距離が物理的にも心理的にも一気に縮まったような、そんな夜だった。


楽しい時間はあっという間に過ぎ、退室する時刻になる。

「それでは公爵様、失礼いたします」

そう言って公爵様のお部屋を出て、ドアを閉める。

今日は本当に楽しい夜だった――

しかし次の瞬間。私はそれまでの楽しい気分が吹き飛ぶほどに驚き、身を硬くしてしまった。

なんと、公爵様のお部屋のすぐ側に、セレナさんが立ち尽くしていたからだ。

セレナさんは私を一瞥《いちべつ》すると、「お役目ご苦労様」と言い、公爵様のお部屋をノックする。そして、いつも通りの落ち着いた声で用件を述べた。

「公爵様、夜分に失礼いたします。農民たちの代表であるエクス氏が正門前にいらっしゃっています。何でも急遽、公爵様に相談したい事案があるとのことですが、もう遅い時間ですし、いかがいたしましょう」

少しの間の後、中から公爵様の声が返ってくる。

「わかった、すぐ行く。大きな台風が迫っているからな、農作物への被害が心配で仕方ないのだろう。エクスは応接室に通してくれ。丁重にな」

「かしこまりました」

セレナさんはドアに向かって一礼すると、この場を離れていく。

その際もう一度だけ、私のほうをちらりと見た。

一瞬、背筋がゾクリとする。

セレナさんの瞳から、かすかな敵意のようなものを感じたからだ。何の自慢にもならないが、私はそういうものには鋭い。幼い頃から、お母様の厳しい視線を受けていたからだ。

もっともお母様の視線に比べれば、先程のセレナさんの視線は、敵意と呼ぶのもはばかられるような些細なものである。

しかし、どうしてセレナさんは私にそんな視線を向けたのだろう。……もしかして、さっきの公爵様との会話をセレナさんは部屋の外で聞いていたのだろうか。

だとしたら、一体どこから？

もしも公爵様が『セレナといると少し疲れる』と仰《おつしや》っていたのも聞いていたのだとしたら、セレナさんの心は傷つき、それが役目を奪った私への敵意に変わっても不思議ではない。

いや、でもセレナさんはそんなことで感情を乱すような人じゃない。私と違って、成熟した人格の完璧なメイドなのだから。今の考えは、セレナさんに対する侮辱だわ。

じゃあ、さっきの視線は何だったんだろう。気にはなったがセレナさんを追いかけて、視線の意味を確かめる勇気は今の私にはなかった。

# 第三章　卑劣な呪い、そして妹との決別

翌日。公爵様が仰《おっしゃ》っていた通り、大きな台風が来た。

そのせいで、とにかく朝から凄い雨と風である。お庭の掃除に出ることもできず、お屋敷内の掃除洗濯をすませると後は特にすることがなくなってしまい、私たちメイドは大部屋の中でのんびりとした時間を過ごしていた。

パティとお喋りをしていると、私たちより五歳年上の先輩である上級メイドのエダさんが、カードを片手にこちらへやってきて、突然こんなことを言った。

「ねえ、レベッカ。あなた、ポーカーはできる？　ちょっと遊びましょうよ」

学のない私でもポーカーのルールくらいは知っている。もちろん一緒に遊ぶ友達などいなかったので、実際にやったことはないが。

何にしても、先輩から遊びに誘われて理由もなく断れば角が立つ。私は素直に「わかりました」と言い、エダさんのお誘いを受けようとした。

だが、そんな私の肩に手を置いてパティが猛反対をする。

「レベッカ、やめたほうがいいっすよ。エダさんはギャンブルの鬼っすから、お給料を巻き上げられちゃうっす。自分も昔、『ちょっと遊びましょうよ』って軽い言葉に騙されて、この世の地獄を

見る羽目になったっす」

「えっ、ギャンブルって……まさか、お金を賭けてやるんですか？」

私の問いに、エダさんは「ふふん」と笑って答える。

「当然でしょ？　ポーカーは単純なゲーム。お金を賭けなかったら暇つぶしにもならないわ。……それとパティ。『給料を巻き上げられる』とか『この世の地獄』とか、人聞きの悪いこと言わないでちょうだい。私、別にイカサマとかしなかったでしょ？」

「それはまあそうなんすけど、見る見るうちにお金が減っていって、かなりショックだったっす」

「見る見るうちにお金が減っていったのは、あなたが熱くなって、『もう一回っす』『もう一回っす』って大勝負を続けたからじゃないの」

「だって、負けっぱなしのまま終わるのは嫌だったっす……」

「甘いわねえ。ツキが落ちてると感じたら、すぐやめるのがギャンブルの鉄則よ。さ、レベッカ、始めましょうか。安心しなさい、給料を巻き上げようだなんて、私思ってないから。あなたが『やめたい』って言えば、すぐ終わりにしてあげる」

エダさんはそう言って、マジシャンのような巧みさでカードを切り始めた。

正直に言えばギャンブルなんてしたくないので、今すぐにでも『やめたいです』と口に出したいところだったが、こういう流れになってしまった以上、さすがに一ゲームもやらずにこの場を去れば、エダさんの心証を大いに損ねてしまうだろう。

仕方ない。ほんの少しだけお金を賭けて、すぐに勝負を終わらせてしまおう。

そういうわけで、私とエダさんの一対一のポーカーが始まった。パティがディーラーを務めることになり、エダさんの切ったカードをもう一度丁寧にシャッフルすると、パティは私たちに対し、順番にカードを配る。

ええっと、私のところに配られたカードは『7』が三枚に、あとは『4』と『5』だ。わっ、凄い。『7』が三つ揃うって、結構良い役なんじゃなかったかな。エダさんに聞いてみる？　いや、でも、勝負の最中にあれこれ尋ねるのは、何となくマナー違反な気がする。

テーブルの向こうのエダさんは、自分のカードを見て余裕の表情を浮かべている。……きっと、強い役ができたに違いない。

エダさんはパティに対し、一枚のカードを差し出すと、「チェンジ」と言った。パティは頷き、差し出されたカードを回収して、新しいカードを一枚配る。

チェンジ!?　そんなことしていいの!?

基本的なルールはわかっているつもりだったが、私のポーカーに対する知識は穴だらけだったようだ。まあ、実際には一度も遊んだことがないんだから、仕方ないわよね。

しかし、カードをチェンジしてもいいなら、私ももっと強い役を狙っていこう。こういうのは大体同じカードがたくさんあると良い役になるはずだ。

私は三枚の『7』を保持したまま、残りの二枚をパティに差し出し、「二枚チェンジ」と言う。パティは「了解っす」と言い、新しいカードを二枚くれた。

新しいカードは『7』と『9』だ。

やった。『7』が四枚も揃ったわ。縁起のいい数字だし、きっと、そこそこは強い役だろう。これで、お金さえ賭かってなければ、こういうゲームもなかなか楽しいんだけど。

その時だった。私は強い視線を感じ、視線が飛んできた方向を見る。

そこには、厳しい表情をしたセレナさんが立っていた。セレナさんの視線は私とエダさんに注がれ、パティは視界に入っていないようだったが、そのあまりの威圧感にパティは「あわわ」と声を上げて一歩後ずさった。

セレナさんは目つきと同様の厳しい声を発する。

「あなたたち、何をやっているの」

それは、明らかに私たちを責めている問いかけだった。

セレナさんは何をやっているのかを重々わかっていて、その上で私たちを叱責しているのである。

だが、その言い方に対し、気の強いエダさんが反発する。

「何って、ちょっと遊んでただけよ。何か文句ある？　次期メイド長候補のセレナさん」

エダさんが喧嘩腰で言い返したことで、張りつめていた空気がさらに緊迫する。何だか、嫌な予感がしてきた。

同じ上級メイドでも、奔放なエダさんと完璧主義で規律を重んじるセレナさんは、普段から対立しがちである。

これまでも二人が言い争いをする姿は何度か見ていたが、セレナさんもエダさんもギリギリのところで自分の感情を抑え、大喧嘩になることだけはなかった。

しかし、今二人の間に張り詰めている空気はいつもの比ではない。

もしかして、このままでは大変なことになってしまうのでは……

セレナさんは一歩距離を詰める。そして、座ったままのエダさんを見下ろして言う。

「遊んでただけですって？　嘘おっしゃい。あなたのことだから、ただのゲームじゃなくてギャンブルなんでしょう？」

「そうよ。で、それがどうしたって言うのよ。使用人規則の中にお金を賭けてカード遊びをしちゃ駄目なんてルール、ないはずだけど？」

「規則になくても暗黙のルールというものがあるわ。高潔なるハーヴィン公爵閣下に仕える者が賭け事だなんて、みっともないとは思わないの？」

「何よ、暗黙のルールって。そんなの、あんたの勝手な決めつけでしょ？　それに賭け事って言っても、大金を賭けてるわけじゃないわ。勝負の強要もしてないし。レベッカ、そうよね？」

「えっ？」

いきなり話を振られ、私は返答に窮《きゅう》した。

しかし、大金を賭けているわけじゃないのも、勝負の強要をされていないのも事実なので、私は小さく「はい……」と言って頷く。

だがその一言で、セレナさんの怒りの矛先はエダさんから私に向いてしまった。セレナさんは憎悪すら感じる瞳で私を睨み、冷徹さと激情が混ざった言葉を紡ぎ出していく。

「あなたには失望したわ。真面目でよく頑張っていると思っていたのに。……公爵様から特別なお役目を任される身でありながら、くだらない賭け事にうつつを抜かすなんて最低よ」

……その通りだわ。一言一句、反論の余地もない。

エダさんとの間に波風を立てたくないからといって、軽々しくギャンブルなど受けるのではなかった。私は頭を下げ、セレナさんに謝罪しようとした。

だが、できなかった。

私が頭を下げるより前に、エダさんが勢いよく立ち上がり、テーブルをダン！　と叩いてセレナさんに食ってかかったからだ。

「ちょっと待ちなさいよ。レベッカは、私が誘ったから付き合ってくれただけよ。それなのにあんた、いくら何でも言いすぎでしょ」

エダさんは怒りを煽るようにセレナさんに顔を近づけ、憎々しげに言葉を紡いでいく。もの凄い迫力だがセレナさんは動じることもなく、冷淡に言い放つ。

「そんなに顔を近づけて喚《わめ》かないでちょうだい。唾がかかるわ、汚らわしい」

その言葉で、エダさんが完全にキレてしまった。すうっと目がすわり、肩を怒らせ、今にもセレナさんに飛びかからんばかりである。

「汚らわしいですって……あんた、何様のつもりよ。夜、公爵様にお茶を出す役目をレベッカに取られたくせに」

「なっ……！」

「あら、顔色が変わったわね。いつも完璧で鉄仮面のセレナ様が、珍しいこともあるものね」

「…………」

「ふん、噂になってるわよ。公爵様は堅苦しいあんたがお茶を運んでくるのにうんざりして、気立てのいいレベッカに役目を任せたってね。そりゃそうよね、私だってあんたみたいに可愛げのない女より、レベッカにお茶を運んでほしいもの」

「…………」

「あんたは確かに優秀かもしれないけど、きっと公爵様はあんたのことが前から苦手だったのよ。そうでなきゃ……」

「うるさいっ！」

次の瞬間、信じられないことが起こった。

セレナさんがエダさんの言葉を遮るように叫び、なんとエダさんに飛びかかったのだ。

……こう言っては何だが、取っ組み合いを始めるなら喧嘩っ早いエダさんからだと思っていたので、心底意外である。

エダさんも普段は冷静なセレナさんの獰猛な振る舞いに驚いたようだったが、すぐに我に返り、「何よ！　やる気!?」と叫んで応戦する。二人は大部屋の床をゴロゴロと転げまわりながら互いに一歩も引かず、激しい揉み合いを続けた。

その迫力は凄まじく、大部屋のメイドが総出でかかっても止めることはできそうになかった。最終的にメイド長を呼んできて、仲裁してもらうことになったのである。

間違いなく、私がこのお屋敷に奉公に来てから最大の騒動だった。

トラブルの連帯責任として、私とパティ、そして当事者であるエダさんとセレナさんは、お昼ご飯抜きになった。でもたとえ昼食が出たとしても、とてもじゃないが食事は喉を通らなかっただろう。ショックなことがあまりにも一度に起こりすぎた。

私は小さくため息を漏らし、天窓を見上げる。……皮肉にも、あれほど激しかった嵐はとうの昔に過ぎ去り、窓の外には気持ちの良い青空が広がっていた。

◆

そして午後。台風で荒れてしまったお庭の片付けも一段落し、私はパティと一緒にベンチに腰を下ろして休憩していた。

不意に、隣のパティのお腹から『ぐうう』と音が鳴る。

「腹へったっす」

確かに、私もお腹がすいてきた。先程は大騒動でそれどころではなかったが、食欲というものは、一時的に消えても気持ちが落ち着くと、自然と復活するようにできているらしい。

私もパティと一緒になってお腹をさすり、小さく頭を下げた。

「ごめんね、パティ。私がポーカーなんかしたせいで、あなたまでお昼ご飯抜きになって……」

パティはぶんぶんと首を左右に振った。

「別にレベッカのせいじゃないっす。皆、セレナさんの目を盗んで賭けポーカーくらいやってるっすからね。セレナさんだって、普段なら賭け事を見つけたくらいで、あんなに怒ったりしないっす。それがまさか、セレナさんからエダさんに飛びかかるなんてびっくりしたっす」

「うん……」

確かに、今日のセレナさんはピリピリとしていた。そして、乱闘になった直接のきっかけは、エダさんがこう言ってセレナさんを煽ったことだ。

『公爵様にお茶を出す役目をレベッカに取られたくせに』

この言葉の後、セレナさんの顔色が明らかに変わった。やはり昨晩、セレナさんは私と公爵様の話を聞いていたのではないだろうか。だから、あんなに……

「ねえ、パティ。セレナさんは、私がお役目を取ってしまったことを気にしてると思う？」

「ん〜、そうっすね〜。これまでずっと、セレナさんが公爵様の身の回りのお世話を任されてきて、特にミスをしてないのに役目を取り上げられたら、ショックだとは思うっす」

「うん……。それは、そうよね……」

「でも、レベッカが気に病む必要はないっす。レベッカは別に、セレナさんから役目を奪おうとしたわけじゃなくて、公爵様の指示を受けて一生懸命頑張ってるだけっすからね。セレナさんも、きっとわかってくれてると思うっすよ。ただ……」

「ただ？」

「今朝から、セレナさんが妙にピリピリしてるのも事実なんすよね。エダさんとの口喧嘩はいつものことっすけど、それにしたってあの怒り方はちょっと普通じゃなかったっす」

今朝からということは、昨日の夜に何かあったのだ。

心当たりはひとつしかない。やはりセレナさんは、私と公爵様の話を聞いていたのだろう。

そう考えると心の中がムズムズして、じっとしていられなくなった。

私は立ち上がり、パティに尋ねる。

「あの、パティ。セレナさんが今、どこにいるかわかる？」

「たぶん、今の時間は事務室にいると思うっす。……もしかして、会いに行く気っすか？　やめておいたほうがいいっす。今日のセレナさんは、触れると破裂するパンパンの風船みたいな状態っす。触らぬ神に祟《たた》りなしっすよ」

私は少しだけ迷ったが、やはりセレナさんに会いに行くことにした。今日の騒動の発端を作ってしまったことを、正式に謝罪するため。そして昨日公爵様とした会話の内容で、恐らくはセレナさんを酷く傷つけてしまったことを謝罪するために……

◆

パティの言う通り、セレナさんは事務室で帳簿をつけていた。たった一人でだ。本来、帳簿をつけるのはメイドの仕事ではない。これだけ大きなお屋敷なら、普通は会計担当の使用人が数名いて、手分けして帳簿を作成するものだ。

その複数人でやる作業を、セレナさんは一人でこなしている。黙々と日記でもつけるかのように、淀みなく書きこまれていく帳簿。その手際の素晴らしさは、セレナさんが普通の使用人より遥かに高い能力の持ち主であることを如実に表していた。

セレナさんはその気になれば高給取りの会計士にもなれると、メイドたちの間で噂されているが、それは本当なのだろう。集中しているセレナさんの邪魔にならないように、私は息をひそめて入室のタイミングを待つ。そして、作業が一段落したのを見計らい、お茶を持っていくことにした。

「セレナさん、お茶をお持ちしました」

手を止め、長時間の記述作業で疲れた瞳を休ませるように閉じていたセレナさんは、ぱちりと目を開いて私を見た。その表情には、エダさんと取っ組み合いをした時の苛烈さはなく、理知的でクールないつものセレナさんだった。

ただ、セレナさんの眼差しはやはり険しい。

私は一瞬、『頼んでないわよ、余計なことしないで』と言われるのではないかと思って身を硬くした。だがそんなことはなく、セレナさんは表情を緩めはしないものの、「ありがとう」と言って私の出したお茶を受け取ってくれた。

そして、優美な仕草でお茶を飲む。その所作はまさに理想的な、完璧なるメイド——いや、完璧な大人の女性である。

昨日公爵様に述べた通り、セレナさんは私の憧れの女性だ。

私はこのお屋敷に来るまで、大人の女性に憧れを抱いたことなどなかった。だって、私の知る『大人の女性』は、意地悪なお母様と恐ろしいお姉様だけだったからだ。この二人は私にとって絶対的上位者であり、恐怖の象徴でもあった。そんな人たちに憧れなど感じるはずがない。

そんな私が生まれて初めて憧れた大人の女性が、セレナさんだった。セレナさんの仕事ぶりは、速やかにして完璧。私はセレナさんが失敗するのを、一度も見たことがない。

セレナさんは常に自分を律し、その身なりにはわずかな乱れもない。かといって厳しいばかりではなく、奉公したてで右も左もわからない私に、細やかな心遣いでいろいろなことを教えてくれた。

年上の女性が親身になって指導をしてくれるということが私にとっては強烈な衝撃であり、また感動でもあった。私の周りの大人の女性――つまり、お母様もお姉様も私をこき使い命令するだけで、指導なんて一度もしてくれなかったから……。

私も、こんな立派な女の人になりたい――

セレナさんは、私にそう思わせてくれた初めての人だった。私は改めて、セレナさんの横顔をじっと見る。その凛々しくもたおやかなる美貌は、ただお茶を飲んでいるだけでも絵になるほどだ。

ついここに来た目的も忘れてぽーっと見とれてしまった。

そんな私にセレナさんは訝《いぶか》しげな視線を向ける。

「まだ何か用？　カップは私が自分で洗うから、あなたは仕事に戻りなさい」

「は、はい。あの……」

「何？」

「今日はその、ご迷惑をおかけして、申し訳ありませんでした。セレナさんの仰《おっしゃ》る通り、公爵様に仕える身でありながら賭け事をするなんて、大変軽率で恥ずかしい行為でした……」

私の謝罪を受け、セレナさんは小さく目を伏せた。それは、いつも毅然としたセレナさんには珍しく自信なげで、弱々しい仕草だった。

セレナさんはかすかにため息を漏らしてから、静かに口を開く。

「いいえ、私のほうこそ見苦しい姿を見せたわ。真面目なあなたが自分から賭け事なんてやりたがるはずがないわよね。エダに強引に付き合わされたに決まっているのに、あんな厳しい言い方をする必要はなかった。こちらこそ謝るわ、ごめんなさい」

そこまで言うと、セレナさんは息を整えるようにもう一度お茶を飲む。そして持ち上げたティーカップをソーサーに置き、再び話し始める。

「そもそもエダの言う通り、賭けカードは使用人規則に違反してないわ。目が飛び出るような大金を賭けているならともかく、お給料の範囲内で遊んでいるだけなのに、ぎゃあぎゃあ喚《わめ》いて文句をつけるほうがどうかしてる。ハッキリ言って、今日の私の行動はただの八つ当たりよ……」

私は、気がついた。セレナさんの唇が震えていることに。

いや、唇だけじゃない。カップにかけられた指も、かすかに震えている。

どうして震えているんですか？

軽々しくそう問いかけることは、できなかった。セレナさんの身にまとう雰囲気が、あまりにも悲しげだったからだ。

私は何も言うことができず、唇を結び、セレナさんの次の言葉を待った。セレナさんは悲しみをごまかすように再びカップを持ち上げ、お茶を飲む。

「あなたの淹れたお茶、少し濃いけど美味しいわ。でも技術的には私のほうが上よ。公爵様が命じてくだされば、私はどんなお茶でも自在に淹れることができる。これは自慢じゃなくて事実よ」

それはその通りだろう。

しかし、なぜ今そんな話を？　私はセレナさんの真意を測りかね、ただ短く「はい」とだけ呟いた。

「実際私は、その日の公爵様のご気分に合わせて、完璧なお茶を出し続けてきたわ。私、公爵様のご要望にすべて応えることのできる自分が誇らしかった……」

「………」

「でも、公爵様にとっては、そんな私の誇りが堅苦しく、煩《わずら》わしいだけだったのね。公爵様が私といると息がつまると感じられていたなんて、私、夢にも思わなかった……」

私はもう、口を開くことができなかった。やはりセレナさんは、昨日の私と公爵様のやり取りを聞いていたのだ。

「盗み聞きするつもりはなかったわ……お客様が来たことをお伝えしようと思い、ドアをノックしかけた時、偶然あなたと公爵様の話し声が聞こえてきたの。話の区切りがつくまで邪魔をしてはいけないと思って黙っていたら、私のことを話しているのが聞こえて、それで……」

いつの間にか、セレナさんは涙を流していた。白い頬を悲しみの雫が伝い、それはセレナさんの唇を湿らせた。

「あなたと話す公爵様の声は、本当に楽しそうだった。私、あなたよりずっと長い時間を公爵様と過ごしているけど、事務的なこと以外を話した記憶がほとんどないわ。どうして？　どうしてあなたなの……？　どうしてあなたにだけ、公爵様はあれほど心をお許しになるの……？」

「それは……その……公爵様と私に……」

似たところがあるからです。

そう答えようとして、私は慌てて口を閉じた。

私と公爵様は二人とも『親に似ていない』という理由で、実の親から愛情を得ることができず、徹底的に冷遇された経験がある。その経験が共感となり、公爵様は私を『他人とは思えない』と仰《おっしゃ》ってくれた。

だからと言って、『私と公爵様が似ているからです』なんてことを口に出すのは、あまりにも不遜《ふそん》な発言だ。私は再び唇を結び、黙りこむしかなかった。

そんな私の代わりに、セレナさんは滔々《とうとう》と語り続ける。溢れ出した感情をもう自力で止めることができないようだった。

「私もあなたと同じで十六歳の頃に奉公に来て、それから今日まで四年間、全身全霊で愛する公爵様にお仕えしてきたわ。私、何も公爵様のご寵愛を受けたいだなんて、大それたことは思ってなかった。ただお世話係として、誰よりもお側にいられるだけで、満たされていたのに……」

セレナさんがハッキリと『愛する公爵様』と言ったのを聞き、心が震える。

その想いは単なる忠誠心ではなく、明らかな恋心だった。昨日のことで、その恋心がどれだけ傷ついたのか。想像するだけで私の胸も痛んだ。

「レベッカ……。あなたさえ現れなければ、私は今もきっと、公爵様の一番近くにいられた……。公爵様のお側で、幸福な時を過ごせた。あなたさえ現れなければ……」

「セレナさん、私……」

「わかってるわ……。ごめんなさい。あなたは悪くない……。こんなの、ただの逆恨みよ。でも私、あなたが妬ましい……」

そこでセレナさんはとうとう両手で顔を覆い、泣き崩れた。

私はそんなセレナさんに言葉をかけようとして黙ってしまった。……私が何を言っても、セレナさんの心の傷は深まるだけだと思ったからだ。

悲しみに暮れるセレナさんを見て、私は自分の幼稚さを思い知った。

私はセレナさんに憧れるあまり、無意識のうちにセレナさんを神格化していた。昨日なんて、『完璧なセレナさんなら、私と公爵様の話を聞いても感情を乱したりしないはず』などと、思いこもうとしていた。

なんて浅はかで、身勝手な思いこみだろう。

セレナさんがいかに自分を律していても、何を言われても感情が乱れない人間なんているはずがない。セレナさんもまた、繊細で傷つきやすい、一人の人間だったのだ。

私は申し訳なさを感じると同時に、心の底から理解した。完璧な人間なんて、この世界のどこにもいないということを。

いつしか日は傾き、オレンジ色の夕日が窓から差しこんでいた。普段なら美しいと感じる夕焼けが、今日は痛々しいほどに寂しく見えた。

## レベッカの妹・リズSide

「悔しい、悔しい、悔しいっ！　ああっ！　クソッ！　レベッカの奴っ！」

私は今日もベッドに突っ伏して悶えていた。

レベッカに言われた、さまざまな言葉が頭に浮かんでくる。

『たかが十五歳の、何者でもないあなた』

『他人を下に見たって、自分が上になれるわけじゃない』

『これからは壁にでも向かって悪口を吐いていなさい』

思い出すだけで体が熱くなる。許せない。ノロマのレベッカのくせに。この私にあんな酷いことを言うなんて。

レベッカからお金を徴収できなかったせいで、ラグララお姉様はいつも以上に私を馬鹿にするし、もう最悪の気分。それもこれも、全部レベッカのせいよ。

お母様は、お金なんてどうでもいいからもうレベッカに関わるなって言ってたけど、これはもうお金の問題じゃないわ。私のプライドの問題なのよ。

……仕返ししてやる。確かに私はレベッカの言う通り、何者でもない小娘よ。でもね、何者でもない人間にも、それなりにやれることがあるのよ！

私は復讐心を胸に、亡きお父様の書庫へ向かった。

ここには貴重な魔術書がたくさんある。その中には呪いに関する本もあり、私は以前から軽い呪いを試して、気に入らない奴をこっそり攻撃していた。何で『こっそり』かって？　だって、真正面から喧嘩するのは怖いじゃない。

さてさて、今回は『軽い呪い』なんかじゃすまさないわよ。レベッカの奴を徹底的に痛めつけてやる。というわけで、これまではビビッて試せなかった強力な呪いを使ってみることにする。

私は赤い文字で『禁書』と記されている呪術書を開き、怨霊を召喚した。ふん。なーにが禁書よ。禁止するくらいならこんな本、最初から作るなっての。

青白い顔をした怨霊が、地獄の底から響くような声で私に尋ねてくる。

「どんな方法で誰を呪いたい……？」

私は憎しみをこめて叫んだ。

「私の姉、レベッカを痛めつけて！　徹底的にね！　方法は任せるわ！」

「わかった……。では、レベッカとやらに嫉妬心を抱いている者を操り、危害を加えるとしよう。傷つき、悲しみ、嫉妬する心は呪いで簡単に操れるからな……」

「あー、はいはい。何でもいいから、頼むわね」

復讐の方法について、怨霊と議論する気はなかった。だって、気持ち悪い怨霊となんて、一秒だって長く喋っていたくないんだもん。

怨霊は私の心のうちを知ってか知らずか、小さく頷いて霧のように消えた。ふふふ、これで呪いの契約は完了ね。レベッカ、あんたはもう終わりよ。何が起こっても、私もう知～らない。

◆

いつも通りの夜のお茶の時間。突然、事件が起こった。セレナさんがノックもなく突然扉を開き、公爵様のお部屋に入室してきたのだ。

普段ならこんなことはありえない。几帳面なセレナさんは、どの部屋に入る際も必ずノックをするからだ。もちろん緊急事態であればその限りではないだろうが……

セレナさんは無言だった。その表情からはまったく感情が窺《うかが》えない。セレナさんの整った顔立ちと相まって、まるでお人形のようだった。何か異様な雰囲気である。公爵様もそれを感じ取り、訝《いぶか》しみながらセレナさんに問いかける。

「どうした、セレナ？」

セレナさんは何も答えなかった。それで私は、セレナさんが正気ではないことにハッキリと気がついた。たとえ緊急事態であったとしても、セレナさんが公爵様の呼びかけを無視するなんて、絶対にありえないからだ。

ずるずると、足を引きずるようにして、こちらに近づいてくるセレナさん。その唇はかすかに動いて何かを呟いているが、声が小さすぎて何を言っているのかまではわからない。

その時、だらりと垂れさがっていたセレナさんの右手が光った。

いや、光ったのはセレナさんの手ではない。セレナさんの手に握られている包丁が、燭台の光を反射して輝いたのだ。

これは尋常な事態じゃない。セレナさんが乱心したとは思わないが、それでも何が起こるかわからない。私は公爵様を庇うようにして、セレナさんと公爵様の間に立った。

そこでやっと、セレナさんが何を呟いているのかがわかった。

「殺す……殺す……」

セレナさんは呻《うめ》くように、ただひとつの言葉を繰り返していた。

正直、ゾッとした。

同時に、過去の記憶がよみがえる。

あれは何年か前のこと。黒魔術に傾倒していた妹のリズが、突然『精神操作の呪いを試したい』と言って私に妙な呪文を唱えた。すると私の意識は朦朧《もうろう》とし、今のセレナさんのようになって、リズに体当たりをしてしまった。

その時はリズ自身が被害を受けただけでリズの自業自得ですんだが、よく考えたら恐ろしいことだ。呪いにより、自分の意思に関係なく体が動いたのだから。

もしかしてセレナさんも誰かに呪いをかけられているのでは？

そう思った時には、セレナさんは私のすぐ近くにまで迫っていた。……とにかく、包丁を取り上げないと。荒っぽいことには自信がないが、セレナさんの動きは非常にゆっくりなので、きっとなんとかなるはず。

しかし、私が手を伸ばした途端、それまでのスローな動きが何かの間違いであったかのように、セレナさんは素早く、そして真っすぐこちらに向かって突進してきた。

嘘でしょ。こんなの避けようがない。私は身を縮め、目を閉じた。

ドン、という衝撃が走る。

ああ、そんな。刺されてしまったの……？

そう思い、私は自分の腹部に手をやる。しかし、そこには何も刺さっていなかった。

恐る恐る、目を開けた。立っていたはずの私は、いつの間にかソファへと倒れこんでいた。そして、私の視界の先には公爵様が立っている。

そうか。先程の衝撃は、公爵様が私を突き飛ばしてくれたものだったのね。

公爵様は大きな手でセレナさんの右手首を掴んでいた。

包丁はどこにも刺さっていない。私はひとまずホッとした。セレナさんの突進は凄まじい勢いだったが、さすがに男性である公爵様の腕力を押しのけることはできないようだった。

それでもセレナさんは、じりじりと前進しようとしている。

その感情のない瞳は、私に向けられていた。

セレナさんは相変わらず、呪いの言葉を吐き続けている。

「殺す……殺す……」

そんなセレナさんの右手首を強く締め上げると、公爵様は強制的に手を開かせ、包丁を取り上げた。公爵様は刃の部分を親指と人差し指、そして中指でつまむと、柄を私のほうに向けて「この物騒なものを遠くにやってくれ」と仰《おっしゃ》った。

私は「はい」と頷き、包丁を受け取る。

そして、二人から離れた位置まで移動した。

公爵様はまるで機械人形のように前進し続けようとするセレナさんを押さえながら、その瞳を覗きこむ。……少しずつ、公爵様の顔つきが険しくなっていくのが、少し離れたところで見ている私にもよくわかった。

「セレナは何者かによって、精神操作の呪いをかけられているようだ。急いで解呪しなければ」

公爵様はそう言うと、セレナさんの眉間に指で触れ、呪文のような言葉を発した。その瞬間、ひたすら動き続けていたセレナさんの足がピタリと止まり、全身から力が抜ける。そのまま床に崩れ落ちそうになるセレナさんを公爵様は抱き留め、ソファに横たえた。

「今ので呪いが解けたのですか？　こんなに簡単に？」

「ああ。正直言って私も驚いている。公爵家の基礎教養として、魔術や解呪に関する訓練は一通り受けているが、それでもこんなに上手くいくとは思わなかった。恐らく、セレナに呪いをかけた者が未熟だからだろうな。高位術者の呪いなら、こうはいかない」

そういうものなのだろうか。何にしても呪いが解けて良かった。だが、ホッとするのと同時に、誰が呪いをかけたのかという疑問が湧き上がってくる。

呪いで意識を操作されたセレナさんは、公爵様ではなく、私を一直線に狙っていた。……冷静に考えると、これは変だ。

セレナさんを操り、下級メイドの私を殺して、犯人にどんな得があるというのか。

考えるのもおぞましいことだが、公爵様を狙うのならばまだわかる。高貴なる存在である公爵様には、それなりに敵対者がいてもおかしくないからだ。

しかし、私には敵なんて……

いや、いる。私に激しい敵対心を燃やしているであろう人物が、一人いる。

それは、昨日徹底的にやりこめた妹のリズだ。

リズはとてつもなく短気で執念深く、自分のしたことはすぐ忘れるくせに人にされたことは決して忘れない。だけど、いくら陰湿なリズでもここまでやるなんて、そんなことあるはずが……

残念ながらないとは言いきれなかった。というより、考えれば考えるほどリズ以外の可能性はない気がしてくる。

加えてリズは呪いや黒魔術に詳しいので、有力な容疑者であることは間違いない。私は少し悩んだが、公爵様に自分の考えを進言した。

公爵様は静かに私の話を聞き、重たいため息を漏らす。

「つまり、お前の妹――リズが昨日の復讐として、呪いでお前を亡き者にしようとしたと言うのだな。姉妹間のトラブルでこれほどのことをするとは、にわかには信じがたいが……」

「私も、自分の考えすぎであってほしいと思っています。でも……」

「ああ。リズの昨日の蛮行を思い出すと、まったくないとは言い切れないな。……よし、調査してみるか。レベッカ。何でもいいから、妹と縁の深い物を持っていないか？」

そんなものが調査に役立つのだろうかと思ったが、私は「少々お待ちください」と言い、一度メイドたちの大部屋に帰ると、荷物の中から小さな貝殻を取り出し、公爵様のお部屋に戻る。

「あの、こんなものしかありませんが……」

「これは……貝殻か？」

「はい。もうずっと昔に、私以外の家族が海に遊びに行った際、リズが私へのお土産として持って帰ってきてくれたんです」

本当に、ずっと昔のことだ。

物心がつく前のリズは、今と同様に生意気ではあったものの多少は可愛げがあった。だが、母ヨーレリーの私に対する冷酷な態度を間近で見て育ったせいで、幼年期を過ぎた頃に『こいつは自分より格下だ』と判断し、陰湿で意地悪な態度しか見せなくなった。

一応は可愛く思っていた妹の、コインの表裏が逆転するような変貌ぶりに、当時の私は深く傷ついたものだ。それでも、この貝殻は肉親との間にある唯一の楽しい思い出と言っても良かった。だから、今でも捨てられず持っていたのである。

「お土産……か。あの妹と、一応は仲の良い時期もあったのだな」

「……はい。ほんの短い期間でしたが。ところで公爵様、その貝殻をどうされるんですか？」

「魔法や呪いには、使用者の匂いのようなものが残るんだ。セレナにかけられた呪いの匂いと、貝殻にわずかでも残るリズの思念を照合できれば、彼女が呪いをかけた犯人だと断定できる。お前にとって、残酷な結果となってしまうが……」

確かに、実の妹が邪悪な呪いまで使って私を殺そうとした事実は、この上なく残酷だ。しかし、セレナさんと公爵様を巻きこんだ事態の重さを考えると、犯人をうやむやにはできない。

私は覚悟を決めた。

「公爵様、呪いの匂いと貝殻の思念を照合してください。どんな結果になっても、私はそれを受け入れます」

「わかった。やってみよう」

公爵様は貝殻を握り、何かを真剣に念じる。その表情はとても厳しく、悲しげである。数秒の後、公爵様は私を見て重たい口を開いた。

「未熟な術者のかけた呪いだから、匂いが濃厚に残っている。高位術者の場合は上手くごまかしてあるものだが、これはもう、証拠をこちらに差し出しているようなものだ。だから簡単に照合できたよ。照合の結果をお前に伝えるのは、心苦しいが……」

「それじゃ、やっぱり……」

「ああ、すべてお前の予想通りだ。明日になったら、衛兵を差し向けてリズを捕縛しよう」

「今すぐじゃなくても、よろしいのですか？」

「夜はなるべく兵を動かしたくないんだ。日中よりも大きな騒動になり、領民が怯えるからな。捕縛するのが邪悪な禁術の使用者となれば、なおさらだ」

「禁術？」

「リズが使った呪いは、国法で厳格に禁じられている術だ。特殊な呪術書さえあれば誰でも使えて、しかも強力という代物だからな。遊びで試しただけでも重い刑罰が下される」

「リズがそんな恐ろしい術を……。あの子は一体、何を考えているのでしょうか……」

「私には想像もつかないよ。しかし証拠は十分だから、リズはもう言い逃れできない。たとえどこかに逃げたとしても必ず捕まる。とにかくすべては明日だ。彼女を捕縛すれば、いろいろと事情が見えてくるだろう」

「……あの、リズの捕縛には、私も同行させてもらえませんか？」

「それは構わないが、なぜだ？」

「卑劣な呪いを使って、無関係の人まで巻きこんで、そこまでしなければ私への恨みは晴れなかったのか。それとも他に目的があったのか。リズ本人の口から真意を聞きたいんです」

「その『真意』を聞くことで、また辛い思いをするかもしれないぞ」

「大丈夫です。売り言葉に買い言葉とはいえ、私もリズに酷いことを言ってしまい。それでリズが私を心から憎んだというなら、私にはその憎悪を受け止める責任があると思うんです」

「……わかった。衛兵には話を通しておこう」

◆

そして次の日。衛兵さんが駆る馬の後ろに乗せてもらい、私は故郷の町に戻った。実家には誰もおらず、リズは現在学校に行っているようだったので、私たちもそちらに向かうことになった。

今はちょうど、二時限目の授業中だった。

衛兵さんが校長先生に対し、公爵様の指示でリズを捕縛に来たと伝える。

校長は「そんな馬鹿な！」と叫んだが、衛兵さんが「公爵様は確固たる証拠を掴んでおられる」と言い、呪いの照合結果について説明すると、それ以上異を唱えることはなかった。

やがてチャイムが鳴る。二時限目が終わったようだ。

そこで、校長は若い先生にこう言いつけた。

「……中等部三年の、リズ・スレインくんをここに連れてきなさい。大至急ね」

『大至急ね』と言われた通り、五分もしないうちにリズは面談室に連れてこられた。リズはすぐに私を見つけて何かを言おうとしたが、その前に衛兵さんが厳しい声で言い放つ。

「リズ・スレインだな。公爵家の上級メイドであるセレナに呪いをかけ、公爵家の下級メイドのレベッカを殺害しようとした罪でお前を拘束する。何か申し開きすることはあるか？」

リズの顔色が一瞬で変わり、大慌てで釈明する。

「ちょ、ちょっと待って、待ってよ！　いや、待ってください！　私、そんなこと……」

「してないと言うのか？　断っておくが、適当な嘘を並べ立てると罪が重くなるぞ」

凄味を増す衛兵さんの追及に、リズはどんどん青ざめていく。

彼女の強気が発揮されるのは、自分が安心して虐《いじ》められる相手だけだ。屈強な衛兵さんを相手に、嘘をつき通す度胸などない。

リズはやがて、蚊が鳴くような声で罪を認めた。

「た、確かに、レベッカに復讐したいとは思ったし、呪いっぽいこともしました。でも、呪いの結果は私自身にもわからなくて、こんなことになるなんて思わなかったのよ！　私はただ、生意気なレベッカを、ちょっと痛い目にあわせてやりたかっただけなの！」

リズはいつの間にか、慣れない敬語を使うのをやめていた。

そのほうが素直な思いが言葉に出ると思ったのか、あるいはパニックになり、敬語の使い方を忘れてしまったのかもしれない。

視線を左右にさまよわせ、私と目が合うと涙目で私に助けを求めてきた。

「レベッカ、助けて！　こういうのって、被害者が『許してあげて』って言えば罪が軽くなるわよね？　ねえ、お願いよ。私を許して……」

リズは這うようにして私の足元まで来ると、私のふくらはぎにしがみついた。リズの細い腕は哀れなほどに震えていた。

「わ、私、本当に、あんたを殺す気なんて、なかったのっ。腕の骨を折るとか、足の骨を折るとか、顔に一生消えない傷がつくとか、ちょ〜っと痛い目にあえばいいなって思っただけなのよ。それなのにこんな大ごとになって、ほんと嫌になるわ。あのクソ怨霊、ふざけやがって」

私は黙ってリズを見下ろしていた。

なぜこんな大それたことをしたのか？　ここまでやらなきゃ、私への恨みは晴れなかったのか？　それとも、他に目的があったのか？　……それを問いたくて同行させてもらったが、結局、直接問うまでもなかった。

リズは何も考えていなかったのだ。

癇癪持ちの幼児のように、腹が立ったから仕返ししただけ。この子は自分の行動がどんな結果をもたらすかなんて、少しも想像していない。

虚しくて、全身から力が抜けていく。

そんな私のことなどお構いなしに、リズはいつの間にか私の腰に抱きつくようにして、熱弁をふるい続けた。

「ね、ねえ、レベッカ。思い出してよ。最近はまあ、かなり上下関係が決まっちゃってたけどさ、ず～っと小さい頃は、私たち大の仲良しだったじゃない。忘れちゃったの？」

その言葉で過去の記憶がふわりとよみがえる。海から戻ってきたリズが、『一人だけ留守番の哀れなあんたに、これを恵んであげるわ。私の優しさに感謝しなさい』と言い、貝殻をくれたのだ。

その時の生意気な笑顔を思い出すと、少しだけ胸が痛んだ。

大の仲良しとまでは言えないが、昔のリズには傲慢ながらも私にとっては可愛い妹だった。私は、ここまで持ってきていた思い出の貝殻をリズに見せる。

「……リズ。これ、覚えてる？」

これまで黙っていた私が初めて発した言葉が自分が望むものではなかったのが不満なのか、リズはあからさまに口を尖らせた。

「はぁ？　何よその汚い貝殻。そんなの、今はどうでもいいでしょ！」

そして、私の手のひらの上にあった貝殻を手で払う。貝殻は壁まで飛び、乾いた音を立てて割れた。それは、私とリズの間にあった、最後のか細い縁が切れる音でもあった。

再び黙ってしまった私を見て何を勘違いしたのか、リズは強く押せば私を言いなりにできると思ったらしい。語気を強め、命令に近い言葉を並べていく。

「ねえねえ！　馬鹿みたいに黙ってないでさぁ、そこのでかい衛兵に言ってやってよ！　私は可愛い妹だって！　だから許してやってって！　ほら早く！　ねえってば！」

私の気持ちは妙に落ち着いていた。

怒りも憎しみもこめず『かつて妹であった娘』をじっと見る。その瞳に気圧されたのか、ずっと喚《わめ》いていたリズが少し静かになった。

「な、何よあんた。そんな目で見て……」

「リズ。あなたの言う通り、ずっと昔はあなたにも可愛いところがあった。ほんの少しだけど、楽しい思い出もある。それは今でも忘れてないわ」

「あはっ！　そうよね！　そんな可愛い私を、許すって早く言ってよ！」

「もしも、今回の事件で傷ついたのが私だけだったなら、あなたを許してあげたいと思ったかもしれない。でもね……」

私はいまだに強くしがみついていたリズの体を、そっと引き離した。

それが、私とリズの『完全なる別離』だった。

「あなたは無関係の人を巻きこんだ。さっき『こんなことになるなんて思わなかった』って言ってたけど、あなたはいつもそう。どうして行動の結果を考えないの？　呪いに詳しいあなたなら、少し考えれば時には想像以上の被害が出ることもあるって、わかったはずよ」

「そ、それは……その……」

「なのに、あなたはその考えることをしなかった。呪いさえかけたら後は何も知らないとばかりに、罪悪感も覚えず、いつも通りの日常を過ごしていた。自分のやったことを理解する気も、罪を背負う覚悟もない。いくら何でもそんなの酷すぎる」

「う、うるさいわね！　罪とか覚悟とか、小難しい理屈ばっかりほざくんじゃないわよ！　そんなの知ったこっちゃないわ！　気に入らない奴を痛めつけたいと思って、何が悪いのよ!?」

「何が悪いかは、これから刑務所で時間をかけて学ぶといいわ。あなたと私はもう姉妹とは言えないけど、それでもあなたが自分の罪を知って、心を入れ替えてくれることを祈っている。……さようなら、リズ」

　ようやくリズは自分の置かれている立場を理解したのか、喚《わめ》いて赤くなっていた顔が真っ青に変わる。もう一度私に縋《すが》りつき、悲鳴に近い声を上げる。

「あっ、ちょっ、待って！　今のなし！　取り消す！　そ、そうよね！　全部私が悪かったわ！ほら、私ちゃんと罪を自覚してるでしょ？　だから……」

　もう聞くに堪えないと思ったのか、衛兵さんは私からリズを引き離し、手錠をかけた。冷たく輝く手錠の重みから、どんな言葉よりも強い恐怖を感じたのか、リズは天井を仰いで最後の叫びをあげた。

「う、嘘よっ！　こんなの、何かの間違いよおおおっ！」

## レベッカの母・ヨーレリーSide

午後三時。家に帰った私がくつろいでいると、役人がやってきた。

「ヨーレリー・スレインさん。落ち着いて聞いてください。あなたの娘のリズさんが、禁術の呪いを用いて、公爵家の使用人を殺害しようとした罪で拘束されました」

……何を言っているの、この男は？

想像もしていなかった事態に言葉を失う私に、役人は事務的に説明を続けていく。それで私はリズがしでかしたことを理解した。

なんて馬鹿なことを。

禁術の使用は重罪だ。裁判で必死に弁護しても、長期の禁錮刑は避けられない。頭を抱える私に、役人は同情の視線を向けながら話をまとめる。

「今後裁判の詳しい日程等が通達されますので、日々、郵便物をご確認ください。それでは」

そして、役人は出て行った。

広い家に、私だけが残される。

普通なら子供が重罪を犯したのだから、親である私にもあれこれと聴取をするものだろう。しかし役人はやや緊張した様子で、いくつか質問をしただけで帰っていった。

彼は知っているのだ。

この家が『誰の』家で、私が何者であるかを。

だから、いくら公爵家の使用人を巻きこんだ犯罪とはいえ、この私にそうそう尋問めいたことはできないのだろう。まあ後日、書面でのやり取りくらいは求められるだろうが。

もっとも、別に尋問されても構わなかった。

今回の件に私はまったく関与していないし、たとえ関与していたとしても私はプロだ。余計なことは絶対に喋らない。むしろ私が関わっていれば、こんな愚かな事件なんて起こさせなかったのに。

私は柔らかいソファに体を沈め、しばらく放心状態になった。

リズが馬鹿なのはずっと前から知っている。しかし、お腹を痛めて産んだ我が子だ。そして、馬鹿な子ほど可愛いもの。その可愛い子供が拘束されて、裁判にかけられるですって？

何で、こんなことになったの？

……決まってる。あの忌々しいレベッカのせいだ。

私にまったく似ていない、レベッカのあの目。

どうしても、あいつを思い出してしまう。

あいつ。あいつ。あいつ。どこまで私を苦しめれば気がすむの？

レベッカが生まれた、あの恐怖の日。

事故か何かに見せかけて殺しておけば、こんなことにはならなかったのだろうか？　もしもあの日まで時間を戻せたなら、私はレベッカを殺すだろうか？

……恐らく、無理だ。多くの母親がそうであるように、この私も自分の産んだ赤ん坊を殺すことなどできない。

だけどあの子を、あの顔を、愛せるはずがない。

だから私はレベッカを奴隷のように扱い、支配しようとした。そうすれば、あの『呪われた子』を恐れずにすむと思って。

しかし、それも失敗だった。レベッカが同じ家にいる限り、私の心が休まることはなかった。だから、奉公を理由に家から追い出した。なのにリズのほうからレベッカを攻撃し、破滅してしまうなんて。恐ろしい。やはりあの子は恐ろしすぎる。

しかし、もう怯えてばかりもいられない。このままレベッカを放っておいたら、すべてを奪われる。やはり、どうにかしてあの子を殺すしかないのかもしれない。

『先輩。そんなことをしたら、また後悔するんじゃないですか？』

あいつの声が聞こえた。

私はビクリと肩をすくませ、声が聞こえたほうを見る。……当然そこには誰もいない。しかし私は安心などできなかった。悲鳴に近い声で、誰もいない空間に言う。

「いい加減にしてよ！　いつまでも私につきまとうな！　ディ……」

その時、玄関の戸が開いた。

「ただいま～」

長女のラグララだ。もう大学の講義が終わったのか。ラグララは輝くようなゴールデンブロンドを揺らしながら、私の向かい側にあるソファに腰を下ろした。

「どうしたの、母さん？　汗びっしょりよ。それに、何だか浮かない顔ね」

当然だ。娘が捕まって浮かれていたらどうかしている。私は重たいため息を漏らしてから、先程役人に聞かされたことをかいつまんでラグララに説明した。

「……ぷっ、何それ」

話を聞き終えるとラグララは吹き出し、少し遅れてから大笑いを始める。

「あははははっ！　ば～っかじゃないの、あの子！　いやあ、前から馬鹿だ馬鹿だとは思ってたけど、証拠の残る呪いを使ってブタ箱行きなんて、間抜けすぎて、最っ高に笑えるっ！」

血を分けた姉妹が重罪を犯し、破滅したことを、ラグララはむしろ楽しんでいるようですらあった。我が娘ながら、この子には時折圧倒される。

ラグララは眉目秀麗、文武両道。自信溢れる言動は人を惹きつけ、男女問わず、この子の信奉者は多い。だがその内面は共感や罪悪感といった、人間らしい感情が大きく欠落していた。

時々、この子には心がないと感じることがある。……ずっと、自分の心を隠して生きてきた私の娘に心がないなんて、神様は本当に皮肉がお好きらしい。

「能無しのリズが消えてせいせいしたわ。あ、そうだ。リズの部屋を改装して、私専用のクローゼットにしよっと。この前ドレスを二着買ったんだけど、収納場所に困ってたのよね」

ラグララは『今日はいい日だ』とでも言いたげに、はしゃぎまわっている。それを窘《たしな》める気力は今の私にはなく、かすかにため息を漏らすしかなかった。

そんな私の様子を見て、さすがのラグララも声のトーンを落とした。

「母さん、落ちこんでるのね。まあ、あんなのでも母さんにとっては娘だもんね」

あなたにとってもリズは妹でしょ？　そう言おうとして、やめた。ラグララはリズのことを妹とは思っていないだろうから。

そしてラグララは軽やかに私の隣に腰かけると、そっと抱きしめてくる。

「落ちこむ必要なんてないわ。娘なら、私がいるじゃない。完璧な私がね。他の出来損ないなんか、どうでもいいでしょ？　完璧な娘が一人残っていれば、それで十分」

出来損ないはどうでもいい、か。

共感能力に欠けるラグララらしい、酷い慰めの言葉だ。だが、なぜかラグララの言葉には聞く者に『そうかもしれない』と思わせてしまう、不気味なほどの強制力があった。

この子には他人を支配し、心をコントロールする才能がある。それは魔法とは違う、生まれ持った『魔性』とでも言うべき能力だった。

気がつけば私はラグララに身を寄せ、呟いていた。

「ええ、そうね。あなたがいてくれれば、何も心配ないわ」

ラグララはほほ笑んだ。

「そうよ、母さん。私さえいれば何も心配ないわ。なぁんにもね」

まだ十代の小娘とは思えない、妖艶な笑みだった。

「父さんの遺産も減ってきたけど、私また新しい金づるを見つけたの。大農場のお坊ちゃんよ。なんて名前だったかしら。え～っと、そうそう、ロイよ。あはは、危ない危ない、すぐ忘れちゃう。私が興味あるのはあいつの財布だけで、あいつ自身には何の興味もないから」

ラグララの笑みが変化した。

さっきまでの色気のあるほほ笑みとは打って変わった、ケラケラ、クスクスという感じの嘲《あざけ》りの笑い。他人を徹底的に見下している、この子らしい笑みだ。

「あいつ、私に夢中なの。まっ、大人しい犬みたいなつまんない男だけどね。ああいう女慣れしてない男って、ほんとチョロいわ。ちょっと感情を揺さぶってやるだけで、何でも言う通りにするんだから。見ててよ、母さん。あの金づるから、搾れるだけ金を搾り取ってやるわ」

やはりこの子が私の血を最も濃く受け継いでいる。昔の私と同じような顔で、昔の私と同じようなことを言うんだもの。だが……

「ほどほどにしておきなさい、ラグララ。大人しい犬だと思って舐めていると、簡単には消えない噛み傷を残されることもあるわよ」

「あら。今の言葉、何だか実感がこもってたわね。もしかして体験談？」

私は黙った。

勘が鋭く、頭も回る。可愛い娘だが、嫌な娘だ。

眉をひそめた私に、ラグララは猫撫で声で謝罪する。

「ごめんね～、母さん。何か嫌なこと、思い出させちゃった？」

「別に」

私はそこで話を切り上げた。そして、かつてレベッカがよく磨いていた床を見る。……私はいまだに、レベッカを殺すことを決断できていなかった。

◆

お屋敷に戻った私は、公爵様にすべてを報告した。公爵様は執務室の机の上で両手を組み、重い吐息を漏らす。その後、慈悲をこめた瞳で私を見て慰めの言葉をかけてくれた。

「卑劣な相手とはいえ、実の妹を断罪するのは辛かっただろう。ほんのわずかでも楽しい思い出があるならば、なおさらな」

「辛くないと言えば、嘘になります。でも、リズに罪を自覚させることは、私がやらなきゃいけなかったことだと思います。これを機会にあの子も成長してくれるといいんですけど……」

「そうだな。人は皆、痛い思いをして成長する。リズは十代半《なか》ばだ。まだまだ更生の余地がある。長い目で見れば、今回のこともあの子のためになると思いたいものだ」

「私もそう願っています。……ところで公爵様、セレナさんはどうしていますか？」

セレナさんは昨日解呪後に自室へ運ばれ、朝になっても目を覚まさなかった。さすがにこのまま眠ったままなんてことはないだろうが、それでも不安だった。

「心配するな。セレナは午前九時過ぎに目を覚ましたよ。体に異常はない。公爵家のかかりつけ医に脳の検査もしてもらったが、後遺症はない。ただ……」

「何かあったのですか？」

「セレナは、自分のしたことを酷く責めているんだ」

「そんな。全部、呪いのせいなのに……」

「私もそう思うが、責任感の強いセレナは自分を許せないのだろう。それに、強烈な呪いの影響で体も本調子ではない。だから今は一時的に実家に戻って休むように指示したよ」

「そうですか……。確かに、今のセレナさんに必要なのは休息かもしれませんね」

「ああ。ゆっくりと休んで頭を冷やしてもらおう。今回のことはすべて邪悪な呪いのせいで、セレナが自責の念を感じる必要などないと受け入れてくれるといいのだが」


そして、たちまち夜になった。

私はいつも通りにお茶をお出しするため、公爵様の私室を訪れる。

セレナさんが呪いをかけられた事件からまだ一日しか経っていないのに、あまりにいろいろなことが起こりすぎたので、久しぶりにいつもの時間が戻ってきたような気がする。公爵様は私の淹れたお茶を一口飲んで「美味い」と仰《おっしゃ》った後、難しい顔で首をひねった。

「あの、公爵様、どうかされましたか？　今日のお茶、何か変だったでしょうか？」

公爵様は首を左右に振る。

「いや、違う。お前の淹れてくれる茶は、いつも通り美味い。ただ、さっきからずっと気にかかっていることがあってな。何度も首をひねっているうちに、それが癖になってしまったのだ」

公爵様はそう言ってから、また首をひねった。

「気にかかっていることとは、どういうことでしょう？」

「私は解呪の際にセレナの心に触れた。……彼女の心は信じられないくらいに傷ついていた。だからこそ、呪いで簡単に操られてしまったのだろうが、セレナほどの完璧なメイドがそこまで傷つくこととは、一体何なのだろうと思ってな」

「………」

「そして、セレナを傷つけた者がいるなら、見すごすわけにはいかない。そう思っていたのだ。レベッカ、お前は何か知らないか？　どんなことでもいいんだ、最近のセレナの様子について知っていたら教えてくれ」

私は何も言えず、唇を真一文字に結んで黙っていた。

セレナさんが何に傷つき、何に悩んでいたのかを私は知っている。

第一には、私がセレナさんの役目を奪ってしまったせいだが、第二には、公爵様の仰《おっしゃ》った言葉でセレナさんは深く傷ついたのだ。

どうしよう。何て言えばいいのだろう。

私が役目を奪ったせいでセレナさんが悩んでいたと話すのは、まあいいだろう。しかし、公爵様ご自身のお言葉でセレナさんが傷ついたことを話してもいいものだろうか。

だってそれは、『あなたがセレナさんを傷つけたんです』と言うのと同じだからだ。公爵様に対してそんな無礼なこと、言っていいはずがない。

しかし、公爵様が正しい情報を求められているのに、真実を述べずにごまかすこともまた無礼であり、不忠のように思える。

言うべきか、言わざるべきか。板挟みになった私は口を結んだまま、たっぷり三十秒間は黙っていた。それで公爵様が気づいた。明らかに私が何かを知っていることを。

公爵様は隣に座る私の顔を覗きこむようにし、少しだけ硬い声で言う。

「……レベッカ、知っているのだな。呪いをかけられる前、セレナに何があったのかを」

私はぎこちなく頷いた。

公爵様は私の肩に手を置き、真剣な表情で言葉を紡いでいく。

「教えてくれ、レベッカ。私は、私に仕えてくれる使用人たちを大切に思っている。その使用人を傷つけた者を許すわけにはいかない。心配しなくても刑罰を与えたりはしない。ただ、セレナを傷つけたことをわからせ、反省させたいのだ。頼む、教えてくれ」

もう駄目だ。公爵様にここまで言われて、口を閉ざすことなんてできない。私は観念し、静かに順を追って昨日のセレナさんとのやり取りを説明した。

もちろん、公爵様に対するセレナさんの思慕の情についてだけは明言を避けた。いくら公爵様に情報を求められたとはいえ、セレナさんの秘めた恋心を私が勝手に打ち明けていいはずなどないからだ。

公爵様は相槌を打つこともなく、無言で私の話を聞いていた。内容が核心に迫ると、ご自身の美しいお顔を手で覆い、深くうなだれた。

その覆った手の間から、公爵様の声が漏れ聞こえてくる。

それは、深い深い悔恨の嘆きだった。

「そうか……私はセレナが聞いているとも知らずに、なんて馬鹿なことを……私自身が誰よりもセレナを傷つけたのに、『セレナを傷つけた者を反省させたい』などと……愚かな……」

「公爵様……」

私はまた、何も言えなかった。

公爵様は自分自身を呪うように言葉を紡いでいく。

「セレナも決して完璧な存在などではなかった。一人の女性として、繊細で傷つきやすい心を持っていたのだな……当然だ……完璧な人間なんて、この世界のどこにもいないのだ……少し考えればわかることではないか……私はなんと無神経な男なのだろう……」

完璧な人間なんて、この世界のどこにもいないのだ——奇しくもそれは、私が昨日セレナさんに対して思ったのと、まったく同じ言葉だった。公爵様は俯《うつむ》き、悔恨の情を吐き出していく。

「先程は使用人を想う慈悲深い主人を気取ったが、この無神経さが私の本質だ。他者の気持ちを軽んじる傲慢な男。こんな奴が、よくも公爵という座に収まって偉そうにしているものだ。私ではなく、死んだ弟が父の跡を継いでいれば、この辺りはもっと発展していたに違いない……」

まるで、自分の心を言葉のナイフで傷つけているかのようだった。痛々しくて、とても見ていられない。気がつけば私は公爵様の腕に手を触れて、慰めの言葉をかけていた。

「こ、公爵様。何もそこまで……。公爵様はセレナさんに面と向かって、傷つけるようなことを言ったわけではないのですから。どうか、あまりご自分をお責めにならないでください」

そう、あれは不幸な偶然だった。公爵様にとっても、セレナさんにとっても。しかし、公爵様の後悔は止まらなかった。

「いや、考えようによっては面と向かって言ったほうが、まだマシだったかもしれない。陰で自分がどう思われているのかを知ったセレナは、どれほどショックを受けたことだろう。私自身も陰口を叩かれる辛さは知っているのに、酷いことをしてしまった……」

陰口を叩かれる辛さを知っているとは、どういうことだろう？

このお屋敷で働く使用人は皆、お優しい公爵様を敬愛している。私の知る限り、陰で公爵様を悪く言う人なんてただの一人もいない。私は黙って、公爵様の次の言葉を待った。

「レベッカ。私と父の関係が悪かったことは、以前話したな」

「はい……」

「実は、関係が悪かったのは父だけではない。……母も、私を疎んでいたのだ」

「えっ……」

「父と母は仲睦まじい夫婦だった。だが、私が生まれたことで二人の関係は一変した。私の顔があまりにも父に似ていないせいで、父は母の不貞を疑い、日に日に厳しい態度を取るようになった。それが辛かったのだろう。母は、すべての元凶である私を憎むようになった……」

私は絶句した。惨《むご》すぎる話だった。

「それでも母は表面上は良い母親であろうとし、一応は愛情深い振る舞いで私に接してくれた。……だが、陰では侍女たちを相手に、いつも不満を述べていた。本当に、いつもだ。だから幼い私は、母がこう言っているのを何度も耳にした」

公爵様は一度口を閉じ、すぅっと息を吸うと、魂を絞り出すような声で悲しい言葉を吐き出した。

「息子さえ生まれなければ、私は夫の愛情を失わずにすんだ。息子さえいなければ、私と夫はずっと幸福な夫婦でいられた。どうして、あんな子が生まれてしまったのだろう。あの子は呪われた子だ。あの子さえいなければ、あの子さえいなければ……」

「公爵様……」

「初めて母の陰口を聞いた時は、それこそ立っていられないほどの衝撃を受けたものだ。それ以降、私は決して陰口で人を傷つけたりしないと心に決めていた。それなのに、気が緩んでペラペラと心の内を話して、挙句、セレナの心を痛めつけた。最低だ……私はやはり『呪われた子』だ。そもそも、生まれてくるべきではなかったのだ……」

「公爵様！」

永遠に続きそうな自虐に耐えかねた私は、思ってもいなかった行動に出た。

公爵様の体を抱きしめたのである。

悲痛なほどに歪んでいた公爵様のお顔に、かすかな驚きの色が加わる。驚いているのは、私も同じだった。

私、一体何をしているの――⁉

そんな心情とは裏腹に、私はさらに強く公爵様を抱きしめた。数秒経って、自分がなぜそんなことをしたのか、だんだんわかってきた。

……私もかつて、今の公爵様のように、『自分は生まれてくるべきではなかった』と思ったことがあるのだ。

母に疎まれ、姉妹からは侮蔑され、未来に希望を見出すことのできない毎日。私の存在理由と言ったら、意地悪な家族に平伏して奴隷のように奉仕することだけ。

だから一時期、いつも思っていた。

私なんか、生まれてこなければ良かったのにって。

自分がこの世に生まれたことを自分で否定する悲しみと寂しさは、そう簡単に言葉で言い表すことはできない。本当に心が冷たくなって、痛くて、立っていることすらできなくなる。

生きている意味と価値を感じられない、孤独。

自分自身ですら自分を愛することのできない、本当の孤独。

そんな孤独に包みこまれた時。

人はふとした衝動で、自分の命を捨ててしまうのかもしれない。

私も何度かそういう衝動に襲われた。そんな時、私はいつも自分で自分の体を抱きしめるようにして耐えていた。……だって、誰も私を抱きしめてなんかくれないから、自分で自分を抱きしめてあげるしかない。

でも本当は、誰かに抱きしめてほしかった。

そして、言ってほしかった。

『生まれてこなければ良かった命なんて、あるはずがないよ』って。

だから私は、公爵様を強く抱きしめて言う。

私が出すことのできる、一番優しい声色で。

「公爵様。生まれてこなければ良かった命なんて、あるはずがありません。どうかこれ以上、ご自分の言葉でご自分を傷つけないでください……」

公爵様はもう、何も言わなかった。

私の言葉を受け入れてくれたのか、それとも単に私の行動に困惑し、黙ってしまっただけなのかはわからない。しかし、ひとまず公爵様の自虐を止めることができて、私は安堵した。

ただ……私は今、とてつもなく無礼なことをしている。

たかが一使用人に過ぎない下級メイドの小娘が、高貴なる公爵様のお体に触れ、出すぎた慰めの言葉までかけてしまったのだから。

お優しい公爵様は私を振りほどいたりしないが、普通の主従関係なら『馬鹿にするな』と平手打ちを食らってもおかしくない。

しかし私は、公爵様を抱きしめ続けた。

その結果、公爵様のご機嫌を損ね、役目を解かれることになったとしても、それならそれで構わないと覚悟していた。今は他の何をおいても、公爵様の寂しいお心を慰めなければならないと思ったからだ。

不思議な気分だった。

大人の男性――それも、私が仕えている主人である公爵様に対してこんな感情を抱くなんて。この感情は私と同じく、家族の愛を受けられなかった公爵様に対する『共感』なのだろうか？　それとも、もっと単純な『同情心』なのだろうか？

いや、あるいは、より純粋な人が人を想う気持ち……

私はそこで、ハッと我に返って考えるのをやめた。それ以上考えることで、自分自身の想いが核心に近づくのを恐れたからだ。

しばらくして公爵様は私の腕に手を添え、ゆっくりと口を開いた。

「……もう大丈夫だ。すまない、レベッカ。見苦しいところを見せた」

それで、私はやっと公爵様を抱きしめていた腕を解いた。公爵様のお顔は憔悴してはいるものの、先程までと比べると幾分か落ち着いているようであり、私はホッとする。

その途端。自分がしでかしたことの重大さへの自覚が、ようやくやってきた。

自らの主人に対する、不敬行為。いかなる理由があろうとも、なあなあですませていいはずがない。私は背筋を正し、やや上ずった声をあげる。

「こ、公爵様。自分の立場もわきまえず、ご無礼を働きました。どうか、お許しください……！」

言いながら、私は慌ててソファを降り、床に膝をついた。

そして、平伏しようとする。

しかし公爵様はそれよりも素早く動き、私の両肩を掴むと、頭を下げるのをやめさせた。公爵様もまた、私のようにやや上ずった声で「やめてくれ、そんなこと、しないでくれ」と言い、私を立たせる。そして……

「あっ、公爵様……？」

なんと、今度は公爵様のほうから私を抱きしめたのだ。ほんの少しも予想してなかった事態に驚愕すると同時に、驚きとは別の感情で心臓が激しく高鳴る。何か言葉を発しようとしても、緊張でかすれた呻《うめ》き声しか出ない。

どうしていいかわからなくなった私は、固く瞳を閉じてしまう。

その後は、静寂が部屋を包みこんだ。

高鳴ったままの心臓の鼓動だけが、うるさいほどに響いている。暗闇と静けさの中で、騒々しい自分の心音を聞かされるのに耐えかねた私は、ゆっくりとまぶたを開いた。

公爵様は私を抱きしめたまま涙を流していた。そして、静かに言葉を紡いでいく。

「ありがとう、レベッカ……私はずっと、誰かに言ってほしかった。私がこの世に生まれ落ちたことが、間違いではないと。しかし、若くして父の跡を継いで公爵となった私に、そんな言葉をかける者など誰もいなかった……」

私は、何も言えなかった。

「私は、使用人の皆が思ってくれているような、立派な主人ではない。二十四歳にもなっていまだに親から得られなかった愛情を求めている、大きな子供だ。いや、親からの愛だけではない。私は心を許せる友をも求めている。レベッカ、これからも私の友として側にいてほしい……」

身に余る光栄なお言葉だった。だが同時に、一抹の寂しさを感じる。

『友として』か……

いや、何を考えているのだろう、私は。さあ、すぐにお返事するのよ。

私は努めて平静を装い、ほほ笑みながら答える。

「私のような卑しい使用人に過分なるお言葉、この上ない喜びです。これからも、公爵様のお心の慰みになれますよう、喜んで務めさせていただきます」

よし。いつも、ところどころ怪しい敬語を使ってしまう私にしては、バッチリな口上だ。しかし、そんな私の形式ばった言い方が不満だったらしく、公爵様は抱きしめていた私の体を離すと、肩に手を置いたまま少しだけ眉をひそめて言う。

「普通、友はそういう硬い言葉で話したりしないと思うのだが……。前から思っていたのだが、もう少し自然に砕けた調子で話すことはできないか？」

「そう言われましても、高貴なる公爵様と、私なんかが気安くお喋りをするわけには……」

「ほら、それだ。その『高貴なる公爵様』というのも、私はあまり好きではない。レベッカ、私の名前は知っているか？」

「も、もちろんです。アルベルト・ハーヴィン公爵閣下」

「良かった。いつも『公爵様』としか呼ばれたことがないから、もしかしたら私の本名を知らないのではないかと思っていたぞ。……そうだな、これから私と二人の時は、『公爵様』などと呼ばず、アルベルトと名前で呼んでくれ」

「ええっ!?」

驚きのあまり、素っ頓狂な声を上げてしまう。砕けた話し方すらできないのに、公爵様をファースト・ネームで呼ぶことなど、できるはずがない。

しかし、公爵様は自分の思いつきがいたく気に入ったようだ。少年のように瞳を輝かせて、上機嫌に言葉を続ける。

「うん、我ながら良い思いつきだ。昔読んだ本に友人同士はファースト・ネームで呼び合うことで、自然と心の距離が縮まると書いてあったからな。これで私とお前は、今よりもずっと良い友になることができるだろう」

そのかすかにはしゃいだ様子は、本当に子供のようだった。

公爵様の仰《おっしゃ》った『昔読んだ本』というフレーズが、私の心を揺らす。

家族には愛されず、学校にも行けず、友達もいなかった私にとって、知識を仕入れる情報源は死んだ父の残した書庫だけだった。

そのほとんどは、子供の私には難解すぎて手に取る気すら起こらなかったが、中には易しい本もあり、私はそれを使って自主学習をすることができた。

奴隷同然の滅茶苦茶な子供時代を送ってきた私が、一応は社会的な常識とモラルを身につけることができたのは、父の本のおかげだと思っている。

……公爵様も私とは環境こそ違えど、孤独な少年時代だったに違いない。

両親の愛を得られず、また、公爵家の嫡男という高貴すぎる立場ゆえに、そうそう気安い友人ができたとも思えない。きっと本を友達代わりにして、いろんなことを学ばれたのだろう。

そう思うといくら主従の節度を守るためとはいえ、公爵様の『良い思いつき』を拒否することは、とても罪深い行いに思えた。

私が『そんなの絶対駄目です』と言ったら、たぶん……いや、間違いなく公爵様のお気持ちを裏切ってしまうことになる……

私はしばらく悩んだが、結局公爵様の提案を受け入れた。

杓子定規にルールを守ることだけが、正しい奉仕の仕方じゃないと思ったからだ。私はきちんと襟を正し、気をつけの姿勢で公爵様に向きなおると、一度「コホン」と咳払いをする。

「で、では、改めて、お名前をお呼びします」

「うん」

「ア……ア……ア……アルベルト……様……」

「なぜそんなにぎこちないのだ。もう一回頼む」

「ア……アルベルト……様……」

「『様』はいらないのだが」

「呼び捨てにしろってことですか⁉」

「うん」

「さすがにそれは無理です！」

「そうか。残念だ」

こうして、私と公爵様――アルベルト様は、二人きりの時は名前で呼び合うようになった。

恐れ多くもあり、気恥ずかしくもあり、それでいて嬉しい変化でもあった。

◆

大変な騒動もひとまず解決し、翌日からまたいつも通りの日常が始まった。私は今、パティとお屋敷のお庭を箒《ほうき》で掃いている。

昨日も今日も良いお天気で、ほとんど風もない。だから落ち葉もあまりなく、二人でも楽々、受け持った場所の掃除を進めることができた。

「いやあ、爽快な朝っす。お日様さんさんで、歌でも一発歌いたくなるような良い気分っす」

「そうだね。天気がいいと掃除をしていても楽しいわ」

「ところでレベッカ。昨日のお使いって、どこに行ってたんすか？」

「えっ、あっ、うん、ちょっとね。丘を越えて、別の町まで……」

「そうなんすか～。馬に乗って別の町へひとっ飛び、いいっすね～。自分もそういうお役目、やってみたいっす。あ、でも自分、地図の見方がわからないっすから、やっぱ無理っすね」

そこでパティは会話を切り上げると、鼻歌を歌いながら箒《ほうき》をリズミカルに動かして、お庭を掃き清める。……良かった、あんまり詳しく聞かれなくて。私、ごまかしたり、嘘をついたりするのって苦手だから。

パティは、一昨日に起こった呪いの騒動を知らない。

昨日私が衛兵さんと馬で出かけたのも、『急ぎのお使いを頼まれたから』ということにしてある。

それはパティだけでなく、他の使用人に対しても同様だった。

とにかく、あの騒動について可能な限り誰にも話さない。それが私とアルベルト様の考えだった。

理由はもちろん、セレナさんを守るためだ。

公爵家の使用人は善良な人ばかりだが、中には噂好きの人もいる。騒動のことが噂になれば、セレナさんの立場は確実に悪くなる。

いくら呪いをかけられていたとはいえ、刃物を持ってアルベルト様のお部屋に入ったとなれば、メイド長も今後の人事について考えることだろう。

だから、誰にも言わない。噂にさえならなければ、傷ついたセレナさんの心も次第に回復していくはずだ。

……私もアルベルト様もそう考えていたが、現実はそうならなかった。

数日後、お屋敷に戻ってきたセレナさんは、アルベルト様にお暇乞いをしたのである。

お暇乞い——それはつまり、このお屋敷での仕事を辞めるということだ。それを知った私は、慌ててセレナさんを探した。ようやく使われてない客間で、一人で片付けをするセレナさんを見つけると、ほとんど叫びに近い声を上げた。

「ど、どうしてセレナさんが仕事を辞めなきゃいけないんですか!?」

私とは正反対に、セレナさんはとても落ち着いていた。

「気を静めて、レベッカ。公爵家のメイドは、みだりに声を張り上げたりしないものよ」

「それはそうですけど、とても落ち着いてなんか……」

「私はあろうことか、正気を失って、公爵様のお部屋に刃物を持ちこんだ。これは決して許されない大罪よ。だから、これ以上このお屋敷にはいられない。公爵様には強く引き留められたけど、何度も固い意思をお伝えしたら、納得していただけたわ」

真面目で強い信念を持つセレナさんが一度決めたら、絶対に行動を変えることはないと判断し、アルベルト様はその決断を尊重したのだろう。

でも、それでも納得がいかない。

気がつけば私は、セレナさんに縋《すが》りついていた。

「そんなの、おかしいです！　悪いのはセレナさんの傷ついた心に付けこんだリズで、そのリズを怒らせた私なのに！　セレナさんは悪くない！　セレナさんがこのお屋敷を去るなんて、絶対におかしいですよ！」

「落ち着いて。そんなに怒鳴ったら、他の使用人が何事かと心配して駆けつけてくるわ」

「あっ、す、すみません……」

シュンとした私の肩を、セレナさんはそっと抱き寄せた。思わず泣きたくなるほど、優しい動作だった。

「謝らないで、レベッカ。謝罪をするべきなのは私のほうなんだから。呪いなんかに操られて、私、あなたを傷つけてしまうところだった。許してもらえるとは思えないけど、謝らせて。本当に、ごめんなさい……」

許すも何も、私はセレナさんのことを最初から少しも憎んでなどいない。

「そんな……。今回のことはセレナさんのせいじゃありません。私です。私のせいなんです。セレナさんは私と妹の対立に巻きこまれたんです。だからやっぱり、謝るのは私のほう……」

私の言葉にかぶせるように、セレナさんは首を左右に振った。

そして静かに、理路整然と私を諭す。

「いいえ。私に隙がなければ、呪いに操られることもなかったはず。結局は、私の心にあったあなたへの嫉妬がすべての元凶なのよ。……いえ、公爵様に仕える一使用人でありながら、主《あるじ》に対し分をわきまえない思慕の情を抱いたこと、それがそもそも罪だったのかもしれない」

今度は私が首を左右に振った。

「人が人を好きになることが罪だなんて、そんなの悲しすぎます。罪深いのは人の心の傷に付けこむ邪悪な呪いと、それを使う人間です。だからセレナさん、素敵な人を好きになれた、素敵な恋の気持ちを、そんなふうに言わないでください……」

「ありがとう、レベッカ。そう言ってもらえると救われるわ。確かに素敵な公爵様をお慕いしていたから、私は精一杯メイドとしての仕事をやってこれた。なのに、それを罪にしてしまうのは寂しいことよね。頭の固い私だけど、これからはもう少し柔軟に考えるようにするわ」

「じゃあもしかして、このお屋敷を辞めるのを撤回してくれるんですか？」

「いいえ、それとこれとは別問題よ。レベッカ、あなたにはこのお屋敷での振る舞い方や、仕事の手順をいろいろ教えたわね。でも、まだ教えていないことがあったわ。一番大切なこと。それは、自分の任された立場に対する責任よ」

「責任……」

「私を悪くないと言ってくれるあなたの気持ち、本当に嬉しいわ。……でもね、責任ってそういうことじゃないのよ。それなりの立場にいる者は、自分にすべての非があるわけじゃないとしても、自分が関与したことの責任は取らなければいけないと、私は思っているわ」

「だけど……セレナさん……そんな……」

「人から見たら、つまらない意地を張っているだけかもしれない。でも、そうやって誠実に生きることが私の誇りなの。お願い、レベッカ。つまらない人間なりの意地と誇りを、真っすぐに通させて」

一点の曇りもないセレナさんの瞳を見て、私はもう何も言えなくなってしまった。どんな説得も、セレナさんの決意を変えることはできないとわかったからだ。きっと、アルベルト様も同じ思いだったに違いない。

私はセレナさんの意思を尊重し、その誠実さに敬意をこめて静かに頷いた。セレナさんは女神のごとくほほ笑み、俯《うつむ》いたままの私の頭を撫でる。

「思えば、仕事以外でこんなふうにゆっくり話すのは、初めてかもしれないわね。堅苦しいことばかり言ってないで、もう少し前からあなたと話しておけば良かったわ。そうすればきっと、もっと仲良くなれたでしょうに……」

「はい……。あの、お屋敷をやめて、それからどうなさるんですか？」

「公爵様が大きな商家で、会計士としての働き口を紹介してくださったの。私は『不祥事の責任を取って職を辞するのに、ご厚意に甘えるわけにはいきません』って言ったんだけど、公爵様は『これくらいさせてくれなければ、これまでの忠義に対する恩を返せない』と強く仰《おっしゃ》るから、結局押し切られてしまったわ」

きっと、セレナさんを傷つけた罪滅ぼしの意味もあるのだろう。大金を扱うであろう商人のところなら、セレナさんの能力を十分に生かすことができる。まさに適材適所だ。

「セレナさんなら、新しい職場でもすぐに頼りにされますよ」

「買いかぶりすぎよ。……それにしても、公爵様もお変わりになられたわ。以前は、強くご自分の意思を通そうとする方じゃなかったのに。きっと、あなたの影響ね」

「そ、そうでしょうか？」

「ええ。公爵様はお優しい方だけど、心の奥深くは、ずっと閉ざされたままだった。それが、あなたと何度も言葉を交わす中で、閉じられていた心の扉が開いたんだと思うの」

「心の扉……ですか」

「今ならよくわかる。公爵様は『完璧なメイド』ではなく、閉じていた心を開いてくれる『親しみのある友』を求めていたんだわ。いえ、あるいは『親しみのある恋人』かもしれないけど」

「セ、セレナさん、何を……」

「ふふ、冗談よ。これでも私、昔は結構こういう冗談が好きだったのよ。『完璧な公爵様に仕える完璧なメイド』を目指すうち、戯言《たわごと》ひとつ言わなくなったけどね」

「す、凄く意外です」

「思えば長い間『完璧なメイドの仮面』をかぶっていたものだわ。それを脱いで、何だか気が楽になった。どうかしら？　完璧じゃない私は、尊敬できそうにない？」

「いえ、親しみやすいセレナさんも魅力的です」

そう言って、私はニッコリほほ笑む。セレナさんも優しくほほ笑み返す。別れは寂しいが、最後はお互いに憂いのない笑顔でいたかったら。

セレナさんは、苦悩の抜けた爽やかな顔で天井を見上げる。

この上はちょうど、アルベルト様の執務室だ。きっとセレナさんには、執務に励むアルベルト様の姿がありありと見えているのだろう。

そしてセレナさんはアルベルト様への最後の想いを、静かに口にした。

「さようなら、愛おしい公爵様。さようなら、私の初恋。この切なさが、いつかきっと素敵な思い出に変わりますように……」

◆

セレナさんがお屋敷を去ってから、早くも一週間が過ぎた。

有能なセレナさんがいなくなることでお屋敷内は大混乱になるかもしれないと、使用人の多くが危惧していたが、実際は特に問題は起こらず、仕事はいつも通りに回っていた。

それもこれも、セレナさんが自分の辞めた後のことまで考えて、キッチリ引き継ぎをしていったからだ。

これまでセレナさんが受け持っていた仕事は、細かく分割して各使用人に割り振られたので、一人一人の仕事量が過度に増えることはなかった。

というより、仕事量の増加などまったく気にならないくらいだ。それだけセレナさんが皆に配慮し、丁寧に引き継ぎをしてくれたということなのだろう。

セレナさんだって、いろいろあって心に余裕がないはずなのに、職場を去る最後の最後まで細やかな心遣いで引き継ぎ作業に臨んでくれたことを考えると、本当に頭が下がる思いである。

大人が『自分の責任を果たす』というのは、こういうことなのだろう。私はセレナさんから多くのことを学んだ。私もセレナさんのように、責任をきちんと果たせる大人になりたい。

そう思って、日々新たなことを学びながら過ごしていると日常は瞬く間に過ぎていく。

そうそう。新たな学びといえば、夜のお茶の時間に、アルベルト様から魔法の基礎を習い始めた。

地道な努力の甲斐あって、簡単な治癒魔法を会得することができた。今のところは、せいぜい擦り傷や打ち身を癒やす程度の力しかないが、それでも大きな前進である。

アルベルト様は優しくほほ笑んで私を褒めてくれた。

「一週間やそこらで治癒魔法を覚えるとは、驚いたぞ。普通なら数ヶ月はかかるのだがな。お前には素晴らしい魔法の才能があるようだ」

「ありがとうございます。でも、ひとつの魔法に集中していると、何だかフラフラしてきます。頭が、ぼーっとする感じで……」

「魔法修行の初期によくある症状だ。魔法は魔力と同時に、精神力を大いに使う。だから、根を詰めすぎると精神が疲弊して、ふらついてくるのだよ」

「精神力って、魔力とは違うものなのですか？」

「二つとも似たようなものなので、明確に分けるのは難しいのだが、精神力は心の力と言い換えることもできる。だから、心に深い傷を受けると、魔法が使えなくなったりしてしまうんだ」

「魔法って、思ったより繊細なものなのですね」

「そうだな。……さて、精神力も消耗してきたようだし、今日はこの辺りでやめておくか？」

私は、首を左右に振る。

少し疲れたくらいで、アルベルト様から直接指導を受けられるこの幸福な時間を終わらせてしまうのは、あまりにもったいないからだ。

「いえ、大丈夫です。私、まだまだ頑張れます」

「そうか、強いな。では、一度治癒魔法から離れてまったく別の種類の魔法を勉強しよう。そうすると、不思議と精神力が回復したりするんだ」

「書き物をたくさんして疲れた時に体を動かすと、体力自体は消費するのに気分がリフレッシュするのに似てますね」

「ふふ。実にわかりやすい例えだ。さてと、普通は治癒の反対に攻撃の魔法を習うのだが、お前の優しい気性を考えると、人を傷つける攻撃魔法より、人を守る防御魔法のほうがいいだろうな」

私は頷いた。アルベルト様から魔法を習うのはとても楽しかったが、人を傷つける魔法なんてわざわざ覚えたいとは思わない。でも、人を守る魔法なら大歓迎だ。

「よし。体の正面に手をかざし、強固な盾を想像してみるんだ」

「こ、こうでしょうか？」

お屋敷の倉庫に置いてある立派な盾を想像しながら目の前の空間に向けて手をかざし、全力で魔力をこめる。すると、徐々に魔法の盾が具現化されていく。アルベルト様は感嘆の声を漏らした。

「やはりお前には才能がある。防御魔法は治癒魔法より難しく、いきなり盾を具現化できる者は稀だ。正直言って、私は今でも苦手だよ。盾の形を保ち続けるのに、非常に神経を使うからな」

アルベルト様の仰《おっしゃ》る通り、魔法の盾を具現化し続けるのは、治癒魔法とは比較にならないほど負担が大きかった。

その場を一歩も動いていないのに、呼吸は乱れ、汗が噴き出てくる。私の疲労はすぐに限界に達し、盾はあっという間に霧のように消えてしまった。

「これじゃ、まだ使い物になりませんね。盾を出せたのは十秒ほどでしたから。それにイメージしたよりも脆そうな盾でした。あれでは攻撃を受けたら、すぐに壊れてしまう気がします」

「そうだな。最初は大きな盾ではなく、小さな盾をイメージしたほうがいいかもしれない。魔力が凝縮され、強固な盾になる。持続時間も小さい盾のほうが伸びるだろう」

なるほど。大きさより密度ということか。

せっかくのアドバイスなので、少し休憩して今度は小さな盾の具現化を試みる。一生懸命意識を集中しやっとできた強固な盾は、握りこぶしひとつ分くらいの本当に小さな盾だった。

その赤ちゃんみたいな盾が何だか可愛くて、私はほほ笑んだ。

「ふふっ。さっきの盾よりは頑丈そうにできましたが、いくら何でもこのサイズでは何も防げませんね。でも、あまり疲れませんし、使い方次第で何かの役に……」

そこで私は言葉を止め、盾を消した。

アルベルト様が少しだけ悲しげな瞳で私を見ていたからだ。

どうしてそんな目を？　私は首を傾げ、問いかける。

「あの、アルベルト様。どうかなさいましたか？」

その問いでアルベルト様は我に返り、平静を装った。

「いや、何でもない。わずかな助言で、すぐに盾の形を調整できる器用さに驚いただけだ。本当に、素晴らしい才能だ。お前と共に過ごす時間を増やしたいと思って始めた魔法訓練だったが、やってよかったとしみじみ思うよ。優れた才能は、鍛えてこそ花開くものだからな」

お前と共に過ごす時間を増やしたいと思って始めた――

ドキリとする言葉だった。私がアルベルト様と長く一緒にいたいと思っているように、アルベルト様も、私と一緒にいる時間を増やしたいと思ってくれていたなんて――

互いの気持ちが通じ合っているようで、胸がときめき、強い幸福感で心が満たされていく。しかし、だからこそ先程のアルベルト様の悲しげな瞳の理由が気になった。

「……アルベルト様。先程はどうして、悲しそうな瞳で私を見ていらしたのですか？」

「気づいていたのか。鋭いな。……少し、思ったことがあってな」

「思ったこと？」

「せっかく良い雰囲気なのに、わざわざ口にしてお前の気持ちを暗くする必要はないと考えたのだが、問われた以上、答えねば疑問が残ってしまうな」

アルベルト様はそこで一度言葉を切り、やはり悲しげな瞳で話を続ける。

「何度でも言うが、お前の才能は素晴らしい。恐らく独学でも、かなりの魔法を使えるようになっただろう。なのにお前は魔法の基礎すら知らなかった。……これは推測に過ぎないが、お前の親は魔法書を読むことすら許さなかったのではないか？」

私は頷き、過去の記憶を紐解きながら答える。

「はい。母は魔法書を読むどころか、私が魔法に関わることを絶対に許しませんでした。リズが読んでいた呪術書を覗きこんだだけで激怒し、普段は甘やかしているリズのことまで怒ったくらいですから」

正確に表現すると、その時の母の顔は怒っているというよりも、目に見えない『何か』を恐れているようだった。もっとも、ずっと昔の話なので私の記憶違いかもしれないけど。

アルベルト様は首を左右に振り、ため息を漏らした。

「なんということだ。幼少期から英才教育を受けていれば、今頃は才能を開花させて多くの道が開かれていたかもしれないのに。お前なら王都にある魔法省に勤めたり、王室直属の宮廷魔導師になることも不可能ではなかっただろう。惜しいな……」

気落ちするアルベルト様とは正反対に、私は元気に言う。

「アルベルト様。私、子供の頃から魔法の勉強ができなかったことを、少しも辛いとは思ってません。確かに、当時は理不尽に感じましたが、今では逆にあれで良かったと思うくらいです」

「強がり……ではないようだな。なぜだ？」

「だって、魔法の初歩すら知らなかったおかげで、アルベルト様から直接魔法の指導をしていただけて、二人の特別な時間が増えたのですから。先程仰《おっしゃ》られたように、もしも私が英才教育を受けていたら、こうはならなかったはずです」

言ってから、『二人の特別な時間』だなんてちょっと踏みこみすぎたかなと思い、顔が赤くなる。驚いたことに、アルベルト様の顔も少し赤くなっていた。私は自分自身の恥ずかしさをごまかすように、アルベルト様に問う。

「アルベルト様。もしかして、照れていらっしゃいますか？」

「照れてなどいない。大人をからかうんじゃない」

「これは、大変失礼いたしました」

そんなやり取りが楽しくて、何よりも幸せで、私たちはお互いの顔を見合わせ、つい先程まで感じていた恥じらいなど忘れて笑いあった。母から受けた暗く冷たい仕打ちなど、一気に消し去ってしまうくらい、明るく、温かい時間だった。

# 第四章　心のない人間

太陽の眩しい、とある夏の日。

アルベルト様が数名のお供を連れて、領地の視察をされることになった。

光栄なことに、その『数名のお供』の中に私も入っていた。私は今、馬車の中でアルベルト様と隣り合って座っている。二人っきりでだ。他の使用人は馬に乗り、馬車を囲むような隊列で随行中である。

私だけが馬車への同乗を許されたのには、理由があった。

セレナさんがお屋敷を辞めた今、正式な形ではないものの、私がアルベルト様のお世話係のような役割を任されている。移動中に今後の予定の確認も行うため、こういうことになったのだ。

一人だけアルベルト様の馬車に乗せてもらい、他の皆に申し訳なく思いながらも、やはり嬉しかった。

今回の視察の目的地は大規模農家、ゴードン・エクス氏の農園だ。

アルベルト様は私たち使用人と一緒に農園の仕事を手伝うことで、領民と親交を深めたいと思っていらっしゃるそうだ。

それは一般的な常識で考えれば、ありえないことだった。領主であるアルベルト様が領民に交ざって、太陽の下、土にまみれて野良仕事をするなんて。

しかし、アルベルト様はほほ笑みながらこう言った。

「私はまだ領民から真の領主として認められていない。父が急逝し、大混乱の中で慌てて後釜に座った若輩者だからな。だから交流を通じて、皆に私のことを知ってもらいたいのだ」

なるほど。アルベルト様のお人柄を知れば、領民の皆さんもきっとアルベルト様のことを好きになってくれるだろう。

「素晴らしいお考えだと思います、アルベルト様」

「ありがとう。私はこれまであまり領地視察をしてこなかった。未熟者だから、優秀な領主であった父と比較されるのを恐れていたのだ。だが、それは大きな間違いだった。領民の前にほとんど姿を現さないせいで、良くない噂が立つようになってしまったからな」

アルベルト様はそう言いながら、寂しそうな笑みを作った。

そう。領民の間では、『ハーヴィン公爵は冷徹な瞳をした恐ろしい人だ』という噂が、まことしやかに囁かれているのである。

その噂は大きく広がっており、買い出しくらいしか外出が許されなかった私の耳にも届いていたほどだった。

それゆえに、実際にアルベルト様にお会いするまでは、私は『公爵様』という存在に恐ろしいイメージを抱いていた。今にして思えば失礼な話である。根も葉もない噂を真に受けて、お優しいアルベルト様を恐れていたなんて。

「一体どこの誰が、何の根拠もない噂を広め始めたのでしょうか。面白半分でアルベルト様の評判を落とすなんて、私許せません」

ぷりぷりと怒る私をなだめるように、アルベルト様は静かに首を左右に振る。そして、落ち着いた声で私を諭した。

「私のために怒ってくれるその気持ちは嬉しいが、残念ながら『何の根拠もない噂』ではないよ。鏡で見て、よく思う。私の瞳は冷たい。過去の数少ない視察の中で、私は緊張のあまりほほ笑みすら作れなかった。それを見た民衆が私を冷徹な人間だと思うのは、無理もないことだ」

アルベルト様の瞳は、宝石のように美しい。その常人離れした美しさのせいで、ある種の冷淡な印象を人に与えるのは確かである。

しかし、アルベルト様を良く知った今なら断言できる。アルベルト様は決して冷徹な人ではない。そう思えば思うほど、噂話を広めた人間に対して怒りを抑えられなかった。

「でも……」

「それに民衆は、面白半分で私の評判を落としているわけではないよ。いや、もしかしたらそういう者もいるかもしれない。しかし、大部分はそうではないのだ」

「どういうことですか？」

「彼らは不安なのだ。前領主が急死してこれからどうなるのかと動揺しているのに、新しい領主はあまり顔を見せない。領地経営自体はやっているが、その人柄は見えず、何を考えているのかもわからない。これでは悪口まがいの噂のひとつや二つ、立てたくなるのも当然だ」

「ですが、アルベルト様は領主様としてのお役目をご立派に果たされています。この領内の商業、医療、治安は国内でも最高水準だと、私の知り合いが言っていました」

今述べた『私の知り合い』とはスレイン家の長女、ラグララのことである。いつだったか、ラグララが母のヨーレリーと、この辺りの領地経営について話していたのを思い出したのだ。

アルベルト様の恩情で、この辺りは税金も安い。ラグララはそんなアルベルト様の優しさに対し、『甘ちゃんのお人よし公爵。勉強不足で、愚民どもから税を搾り取る方法を知らないいんじゃないの？』と嘲笑していたが、もちろんそれについては黙っていた。

「そうか。私を評価してくれる者がいてくれて嬉しいよ。領地経営が上手くいっているのは、私を助けてくれる周囲の皆のおかげだ。皆には、改めて感謝しなければな」

「皆さんが助けたくなるのも、アルベルト様に人望があるからですよ」

「しかしレベッカ。領主の仕事とは単に領内を良くするということだけではなく、領民の心に寄り添うことも重要ではないかと、私は最近思うようになったのだ」

「領民の心に寄り添う……ですか」

「ああ。そのためにはまず、私という人間を領民に知ってもらわなければならない。『仕事だけを黙々と続ける、不気味で冷徹な公爵』ではなく、『アルベルト・ハーヴィン』という一人の人間を知ってほしいのだ」

強い決意と熱意を感じる言葉だった。

私は口を挟まず、アルベルト様のお話に耳を傾け続ける。

「私はずっと、本当の自分を見せることで領民にどう思われるのかを恐れていた。だから、噂通りの冷徹な公爵であることを受け入れ、心に仮面をかぶった。そのほうが楽だったからな」

「でも、そんなの悲しいです。本当のアルベルト様はそんな人じゃないのに……」

「ああ。いい加減に、かぶった仮面を外す時が来たのだと思う。一生仮面をかぶって生きることなど、できはしないからな」

そこで一度言葉を切り、アルベルト様は私を真っすぐ見据えた。右手の甲に、温かな感触がする。アルベルト様は私の手に、ご自分の手を重ねられたのだ。私は体が温かいを通り越して、一気に熱くなるのを感じた。

「レベッカ、お前のおかげだ。お前が本当の私を受け入れてくれたことで、恐れずに自分を晒すことの素晴らしさを私は知った。私はこれから、もっと良い領主になる。今日はその第一歩だ」

私は頷き、右手を反転させ、手の甲に置かれていたアルベルト様の手をそっと握った。下級メイドの分際で主《あるじ》の手を握るだなんて分不相応であるとか、不敬行為であるとか、そんなことは考えなかった。

ごく自然に、手がそう動いたのだ。アルベルト様も私の手を優しく握り返してくれた。その後は何を話すでもなく、私たちは静かに馬車に揺られていた。

穏やかで、幸せな時間だった。

◆

そして、アルベルト様と私の乗る馬車はエクス大農場に到着した。

エクス大農場は名前の通り、この辺りの農家さんたちのまとめ役であるゴードン・エクス氏が運営している農場だ。広大な敷地に多くの労働者を抱え、さまざまな農作物を幅広く育てている。

エクス氏は、一家総出の直立不動でアルベルト様を待っていた。そして、馬車から降りたアルベルト様に深々と頭を下げる。

「ハーヴィン公爵閣下、よくおいでくださいました！」

「すまないな。わざわざ出迎えさせてしまって。今日はよろしく頼む」

「ははっ！　歓待パーティーの準備ができておりますので、まずはそちらで喉の渇きを癒やされますよう、お願い申し上げます。当農園の作物を使った料理も、多数用意しております。公爵様の高貴なるお口に合うとよろしいのですが……」

その丁寧すぎるほどの口上から、エクス氏が大いに緊張していることが、よくわかった。それも当然か。ほとんど領地視察をすることのないアルベルト様が、久方ぶりに訪れたのだ。緊張しないほうがおかしい。

「ん、そうか。パーティーか。うん、そうか……」

アルベルト様は口ごもり、微笑した。それは、ちょっとだけ困ったような笑みだった。アルベルト様はきっと、このように思っていらっしゃるのだろう。

『豪勢なもてなしを受けるために来たのではないのだから、歓待パーティーよりも、すぐに皆と一緒に農作業を体験させてもらいたいのだが……』

しかし、せっかくの厚意を断っては角が立ち、『領民の心に寄り添いたい』というアルベルト様の本意と逆の結果になってしまう。だからアルベルト様は、素直に頷かれた。

「ありがとう、エクス。お前たちのもてなしの心、喜んで受け取るとしよう」

「ははーっ。何ぶん、私どもは礼儀作法に疎い農民の集まりですので、至らぬところがあるかとも思いますが、どうかご容赦ください。ささっ、こちらへどうぞ」

アルベルト様と私を含めたお供の使用人たちは、エクス氏に招かれるままに農園の一角にあるエクス氏の邸宅に通された。

さすがは大規模農家の館だ。まさしく豪邸といったたたずまいである。それでいて、派手な装飾は少なく、壁にも柱にも木の温かみが生かされており、どこかホッとするおうちでもあった。

お供の一人として同行したパティが、高い天井を見上げて感嘆の声を漏らす。

「すっごい良い感じのおうちっす。近代建築の利便性と、木の温かみのハーモニーっす。でも、ちょっと天井高すぎっす。これじゃ、天井を掃除する時に、巨大化する必要があるっす」

その、独特の言い回しがおかしかったのか、それまで緊張しっぱなしだったエクス氏が軽く吹き出した。

パティの後ろにいた、私たちの先輩にあたる使用人の男性が大慌てでパティを叱る。

「パティ、豪農であるエクス様の邸宅に口出しするなど、無礼だぞ。我々は公爵様のお供なのだ。ご命令が下るまでは、陰で控えているのが礼儀。よけいなことを喋るんじゃない」

「も、申し訳ないっす。つい、思ったことがそのまま口から出ちゃったっす。他意はないっす、エクス様、許してほしいっす」

一生懸命頭を下げるパティに、エクス氏はほほ笑んだ。

「いやいや、お気になさらず。……実を言いますと、私も天井を高くしすぎてしまったと、常々思っているのです」

それから高い天井を見上げ、こう続ける。

「私も息子も長身ですが、巨大化はできませんからな。どんなに腕を伸ばしても、天井には手が届かない。掃除をする際にいつも大きな梯子を持ってこなければならず、息子に『何でこんなに天井を高くしたの』と、毎回文句を言われる始末です。ははは」

その語り口から、温厚な人柄が伝わってくる。

心なしか、先程までの緊張がほぐれているような気がする。エクス氏はパティに向けていた視線をアルベルト様に移す。

「それにしても、少し意外でした。公爵様のお供の方は徹底して規律を守り、私心を口にすることなど一切ないと思っていたのですが、このようにユーモラスなお嬢さんもいらっしゃるとは。あ、これは嫌味ではありませんぞ。私は彼女に感心しているのです」

「ふふ、お前が嫌味など言う性格でないことは、十分わかっているよ」

温かい雰囲気にアルベルト様のお気持ちも少し緩んだのか、先程までよりも幾分か柔らかい表情で言葉を返していく。

「このパティとは不思議な縁があり、うちで雇うことになったのだ。少し風変わりだが、心は清らかで仕事も真面目にこなす。何より人の心をほぐすおおらかさがあり、私はいつも和ませてもらっているよ。時折、礼儀知らずな振る舞いをしてしまうのが少々困りものだが……」

「ははは、十代の子供は皆基本的に礼儀知らずなものですよ。それよりも彼女のおかげで、私の緊張も随分と解けました。ありがたいことです」

「そうか。実を言うと、私も久方ぶりの領地視察でかなり緊張していた。パティの言葉でこの場の空気が和んでホッとしているよ」

「ええ、本当に。先程は他人行儀な挨拶をして申し訳ありませんでした。これまでも公爵様には農地のことで何度も相談しているのに、改まって『視察に行く』と言われ、私は硬くなってしまったのです。その、お父上――先代公爵様のことを思い出してしまい……」

「ああ……」

「先代公爵様は厳しい方でした。前触れもなく視察に来られた時は、その後必ず難しい注文をつけられるのです。すべて的確な指摘ではありましたが、指摘通りに業務を改善するためには大変な苦労が必要で、農民にも過酷な指示を出さねばなりませんでした」

「そうだったな。一度、父に『生産性より農民の健康を優先すべきでは』と意見したことがあるが、『知ったふうな口をきくな』と一蹴され、それ以上何も言えなくなってしまった。……情けない息子だ。当時はお前たちの力になれず、申し訳なかったと思っている」

視線を落とすアルベルト様に、エクス氏は首を横に振った。

「何を仰《おっしゃ》います。代替わりし、あなた様が寛大な領地経営をなさるようになってから、私どもの生活は変わりました。我々農民はあなた様を支持しています。領内にはあなた様の陰口を叩く輩もいますが、そういうくだらん連中は放っておけばいいのです」

「いや、そうもいかない。私を良く思わない人々の言葉にも耳を傾けてこそ、公正な領地経営ができる。だから私は、これから積極的に人々と関わっていくつもりだ。今日もお前たちと共に働き、日々の生活の中での悩みを教えてほしい。一緒に改善策を探していこう」

そして、アルベルト様はエクス氏に右手を差し出した。

「もったいないお言葉です。あなた様のような方が領主で、本当に良かった。この地の平和と安寧は、きっと長きにわたって保たれることでしょう」

エクス氏はその手を、両手でしっかりと握った。

歓待パーティーは和やかに進み、それから、領地視察の本来の目的である農場での仕事体験が始まった。アルベルト様がエクス氏と共に、農場のすべてを見て回り、実際に農民たちの仕事を体験するという、かなりのハードスケジュールだ。

アルベルト様は、農民一人一人の話に丁寧に耳を傾けられている。その誠実な姿勢に、最初はガチガチに緊張していた農民たちも自然と打ち解け、心の内を明かしているようだった。アルベルト様の思いが領民の皆さんに伝わったようで、私まで嬉しかった。

私たち使用人一同がアルベルト様の近くに控えていては、農民たちが委縮してしまうかもしれないとのことで、私たちはそれぞれ別の場所に散り、農作業を手伝うことになった。

というわけで、私はパティと一緒に野菜農園の雑草取りをしている。

抜き取った雑草はきちんと麻袋に入れていく。抜いた雑草をそのままにしておくと害虫が集まってきたり、最悪の場合、再び土に根づいてしまうからだ。

たかが雑草取り。されど雑草取り。どんどん雑草が溜まっていく麻袋を引っ張りながら、広大な農園に際限なく生えている雑草を取っていくのは、かなりの重労働だった。

それでもこの作業は、農家の人々が日々苦労していることのほんの一部分に過ぎない。農作物を育てるというのは、本当に大変なことなのだろう。

今日は日差しも強く、私はすでに汗だくだ。それに対し、パティは涼しい顔で鼻歌まじりにポイポイと雑草を抜いていく。

雑草の中には土に深く根を張っているものもあり、そういうのは抜くのに腕力がいる。しかしパティは少しも苦戦せず、一掴みで大きな雑草を引き抜いていた。その手際の良さに私は感心した。

「パティ、あなたって意外と力あるのね」

「ふふふ、自分、こういうの得意っす。何にも考えなくていい単純作業、楽しいっす。その気になれば朝から晩までやってられるっす」

そう言って、パティはズボズボと雑草を抜いていく。勢い余って、雑草に付着している土が時折大きく宙を舞うが、この辺りには私とパティ以外いないから、他の誰かにかかることはないだろう。

……と、思っていたら、向こうから誰かが来た。

きっと、私たちの様子を見にきてくれた農園の人だ。

その顔がハッキリ視認できる距離になって、この人が何者かを思い出した。先程のパーティーで、ゴードン・エクス氏のすぐ側にいた若い男性。彼はゴードン氏の長男で将来この大農園を継ぐ人物である、ロイ・エクス氏だ。

私は立ち上がってぺこりと頭を下げる。ロイさんも歩きながらぺこりと頭を下げた。パティは雑草取りに夢中になっているせいか、ロイさんの接近にまだ気がついていない。

その時だった。パティが特別深く根を張っていた雑草を勢いよく抜いたせいで、土が大きく飛び散る。そして、それが運悪くロイさんの顔を直撃してしまったのである。

「うっ」

土の塊が顔に当たり、ロイさんは小さく声を上げた。パティもようやくロイさんに気がつき、同時に自分のしてしまったことを理解して、青ざめた。

「も、申し訳ないっす。自分、ちょっと夢中になってて……」

パティは土の上に膝を突き、平伏の姿勢を取ろうとした。

そんなパティの体を、ロイさんは慌てて起こす。

「ちょっとちょっと、たかが雑草の土が当たったくらいで、そんなことしないでよ。それよりも、皆が嫌がる単調な雑草取りをそこまで真剣にやってくれてありがとう。ほら、立って立って」

ロイさんはお日様のような笑顔でパティを立たせた。父親のゴードン氏と同じく、温厚な人柄らしい。ひとまずホッとして、私はハンカチを取り出した。土で汚れてしまったロイさんの頬を拭うためだ。

「ロイ様、失礼いたしました。お顔の土を払わせてくださいませ」

慇懃《いんぎん》にそう言い、ハンカチでロイさんの頬に触れる。するとロイさんは恥ずかしそうに顔を赤らめ、私から距離を取った。

「い、いや、大丈夫だよ、これくらい。農園の男にとって、土にまみれるのは日常さ。それよりも、そっちの子の顔を拭いてあげてよ。あちこちに土がついてるから」

ロイさんに促されてパティの顔をよく見ると、確かに土まみれだ。私は微笑し、パティの顔を拭いてあげた。年齢は同じだし、メイドとしてはパティのほうが先輩なのだが、何だか可愛い妹の世話を焼いているような温かな気分だった。

その後は、ロイさんも私たちに交ざって雑草取りをすることになった。地方の有力者である大農園の跡継ぎなのにロイさんはまったく偉ぶらない、気さくそのものの人柄だった。

一緒に作業を進めていく中で私はちょっとしたことに気がついた。

パティがさっきから随分と大人しいのだ。鼻歌もやめ、ちらちらとロイさんのほうを見ながら、黙々と雑草を抜いている。その手つきは、先程までよりもおしとやかだ。

「どうしたの、パティ？　借りてきた猫みたいにおとなしくなって」

「じ、自分、いえ、わたくし、いつもおとなしいっす……いえ、おとなしい、です。こう見えて、淑女っすから……いえ、です、から……」

言葉遣いまでおかしくなっている。一体どうしたのだろう？

ほんのちょっとだけ考えて、ひとつの結論にたどり着く。

……もしかしてパティは、ロイさんのことを意識しているのかな。ちょっぴりワクワクした私はパティの耳に口を近づけ、小声で聞く。

「もしかしてパティ、ロイさんのこと、好きになっちゃったの？」

その言葉でパティは飛び上がった。比喩ではなく本当に、しゃがんだ状態から三十センチメートルは跳んだのである。そして、パティは真っ赤になって頷いた。

「じ、自分、ああいう優しいお兄ちゃんみたいな人、好きっす……」

「そうなんだ……ふふっ」

自然と自分の顔がほころんだのが、鏡を見なくてもわかった。

友達の恋愛感情を目の当たりにすることで、これほど心が浮き立つとは想像もしていなかった。そもそも奉公に出るまで友達なんて一人もいなかったし、恋愛的なイベントなど起こるはずもない環境にいたのだから無理もないのだが。

いつも元気なパティがすっかり大人しくなってしまったので、結果的にロイさんとは私が多くお話をすることになった。

ロイさんはしっかりと腰を落とした姿勢で雑草を抜きながら、こんなことを言った。

「さっきの歓待パーティーで、僕は初めて公爵様にお会いしたんだけど、公爵様は普段からあんなふうに温和で親しみやすい人なのかい？」

私も雑草を抜きつつ、ロイさんのほうに顔を向けて頷く。

「はい。アルベ……いえ、公爵様は私たち使用人のことを、いつもとても気遣ってくださいます。それに、領民の皆様のことも大切に思っておいでで、今回の視察も皆様の心に寄り添いたいという一心からのものなんですよ」

言ってから、押しつけがましい言い方になってしまったと反省する。

受け取りようによっては、『あなたたちのために視察をしてあげているんですよ』と聞こえてしまうからだ。アルベルト様のお気持ちをわかってほしいと思うあまり、でしゃばりすぎた。

しかし、ロイさんは特に気を悪くした様子もなく、うんうんと頷いた。

「今日、お話をさせてもらって、公爵様の温かいお人柄がよくわかったよ。……正直言って、実際にお会いするまで僕は公爵様に少し懐疑的だったんだ。父は『まだ若いが立派な方だ』と言っていたけど、とにかく人前に姿を現さない方だからね。それに……」

そこで、スラスラと淀みなく言葉を紡いでいたロイさんの口が、ぴたりと止まった。

「えっと、まあ、つまり、その、お喋りはほどほどにして、草むしりに集中しようか」

ロイさんは、一度、二度、視線を左右に泳がせてから、かなり強引に話を打ち切った。こんな話の切り方をされては、後に続くはずだった言葉が気になって仕方がない。私は首を傾げて、問いかける。

「あの、『それに……』何でしょうか？」

別段強く問い詰めたわけではないが、ロイさんはビクリとした。そして、弱々しげに私を見て、恐る恐る口を開く。どうやらはぐらかしたり、隠し事ができないタイプの人らしい。

「いや、その、町の酒場で聞いた噂なんだけどね。公爵様の弟君《おとうとぎみ》が落馬で命を落とされたのと、公爵様のお父上が逝去されたのがあまりに急で、かつ、短い間隔で起こったことだから、公爵様が画策して二人を死に追いやったんじゃないかって言ってる連中がいるんだよ」

私は、思わず立ち上がった。そして自分の立場もわきまえず、怒声を張り上げる。

「アルベルト様がそんなことするはずないじゃないですか！」

自分でも驚いてしまうほど、抑えがたい激情だった。

ロイさんは大慌てで謝罪をする。

「す、すまない。僕もそう思うよ。酔っ払いが酒の肴に話しているだけの、根拠の欠片もない戯言《たわごと》だからね。本気で信じている者はほとんどいないと思うよ」

その謝罪の言葉に混ざるように、「ふーっ、ふーっ」と、荒い息が聞こえる。なんと、これは私の口から出ている音らしい。気持ちを抑えなければと思いつつも、心身が煮え立つようだった。

もしもロイさんが悪意をもってアルベルト様を侮辱しているのなら、さらに頭に血が上っただろうが、そうはならなかった。怒鳴られ、肩を落とすロイさんの様子を見れば、彼に悪意がなかったことはすぐにわかるからだ。

そもそもただの噂話とはいえ、口に出せば私の気分を害するに違いないと判断し、ロイさんは話を途中で切り上げようとしていた。それなのに、私が続きを促したのだ。

やっと冷静さを取り戻した私は、土の上に膝を突いた。

そして、ロイさんに頭を下げる。

「……失礼いたしました。声を張り上げてロイ様を怒鳴りつけるなど、公爵家のメイドとしてあるまじき振る舞い。どうか、なんなりと罰をお与えください」

そんな私をロイさんは手を取り起こしてくれた。彼の表情から、ただひたすらに申し訳ないという気持ちが伝わってくる。

「いや、とんでもない。失礼なのは僕のほうだ。僕の言ったことは公爵様を侮辱したに等しい。本当にすまなかった。お詫びになるかわからないけど、今度から公爵様のふざけた噂を言いふらしている連中を見つけたら、ただじゃおかないよ。喧嘩になっても黙らせてみせる」

ロイさんはそう言って、大きな拳を軽く持ち上げた。裏表のない実直な人だ。アルベルト様に関する酷い噂を聞いて心が乱れたとはいえ、こんな人を感情のままに怒鳴りつけた自分を、私は恥じた。同時に、先程ロイさんが言っていたことが思い出される。

『根拠の欠片もない戯言《たわごと》。本気で信じている者はほとんどいない』

逆に考えれば、根拠の欠片もない戯言《たわごと》を本気で信じている者が、少しはいるということだ。なんということだろう。アルベルト様は、誰よりも民衆のことを考えていらっしゃるのに。

人の上に立ち、領地経営をしていくというのは、本当に大変なことなのね。私も、アルベルト様のお力になれるよう、これまで以上に頑張らなきゃ。

そんなことを考えていると、不意に声が聞こえてきた。

「ねえ、来てあげたわよ。まったく、たっぷり歩かせてくれたものね」

ロイさんの声じゃない。パティの声でもない。しかし、よく知っている声。

私の体は一気に緊張し、ゴクリと喉が鳴った。恐る恐る声がしたほうを見る。

そこには、かつての私にとって畏怖の対象だった、スレイン家の長女――ラグララ・スレインが立っていた。

どうしてラグララがこんなところに？

私に何か用なの？

しばらく考えて、やっと気がついた。ラグララはロイさんに話しかけているのだ。私とパティのことなど、まるで『最初から存在しないもの』のように、視界にすら入っていない様子で。

ロイさんは立ち上がり、喜色満面で手を広げる。

「やあ、ラグララ！　きみはあまり農場に来たがらないから、今日は来てくれて本当に嬉しいよ！」

喜び全開のロイさんとは正反対に、ラグララはしらけた顔で言う。

「はいはい、それは良かったわね。で、パーティー会場はどこ？　貴人を招いた盛大なパーティーをするって言うから、わざわざ来てあげたのよ」

きっと、アルベルト様の歓迎パーティーのことだろう。

ラグララは、広い農園を見渡して言葉を続ける。

「ここの敷地は広すぎて、どこに何があるかわからないから、とりあえずあなたのところに来たんだけど、すっかり歩き疲れちゃったわ。ほんと、農場って無駄に広いから嫌なのよ」

「ご、ごめん。迎えを出すべきだったかな。しかし、よく僕の居場所がわかったね」

「私はあなたたち凡人とは出来が違うの。探知の魔法を使えば知ってる人間の居場所なんてすぐにわかるのよ」

「へえ、凄いね。勉強して覚えたのかい？」

「これくらい、勉強なんかしなくても最初からできるわ。私、天才だから」

傲慢な物言いだが、真実だ。ラグララは多くの魔法を訓練もなしに使うことができるだけでなく、自分自身の創意工夫で新たな魔法を生み出すことすらできる、正真正銘の天才だった。

私は、ラグララから目を離せなかった。それは、森で突然遭遇した猛獣を警戒し、視線を外せなくなるのに似ていた。私の強い視線に気がついたのか、ラグララはこちらを見て、さほど興味もなさそうに問いかけてくる。

「ねえ、メイドさん。さっきから私のことをじっと見て、どうしたの？　何か御用かしら？」

……ラグララは私が誰であるかに気がついていないらしい。

少し前まで同じ家で暮らしていた妹の顔がわからないなんて普通ならありえない話だが、私は驚かなかった。だって実家にいた頃から、彼女は私に興味を持っていなかったから。

ラグララは私の名前を一度も呼んだことがなく、代わりに時々『あなた、名前なんだっけ？』と私に聞いてくることがあった。

そのたびに私は『レベッカです。ラグララお姉様』と答える。その後は決まって、どうでもいいことを聞いてしまったという顔で、ラグララは『あ、そう』と言うのだ。

しかし、何度教えてもラグララは私の名前を覚えなかった。頭が良く、一読するだけで本の内容をすべて暗記してしまうのに、私の名前は決して覚えなかった。関心がないからだ。

ラグララは私を妹どころか、人間とすら思っていなかっただろう。命令すれば、素直に言うことを聞く人形。たぶん、そんなふうに思っていたのだと思う。

そもそも彼女は、基本的に他人に興味がない。自分にとって利用価値のある人間のことは覚えるが、価値がなくなればもう用ずみとばかりに記憶から消し去ってしまう。

ラグララの交友関係は広いが、それらはすべて、自分の役に立つ人間だけ。その役に立つ人間すらも、ラグララの不興を買えばつまはじきにされ、ヒエラルキーの最下層に落ちる。

私は、かつて恐ろしいものを見た。

ラグララが家に招いた友人の一人が、たまたまラグララの話にかぶせるように冗談を言い、皆が大笑いした。……それが、ラグララの癇に障ったらしい。ラグララは『その友人』を激しく虐《いじ》めるようになった。

『その友人』の名前はミア・ルコ。私は一度も口をきいたことはないが、太陽のように明るい印象の女の子だったのでハッキリと名前を覚えている。

だが、その明るい太陽はラグララという黒い太陽にのまれた。

ラグララはミアさんの周囲の人たちをゲームの駒のように操り、一人、また一人と虐《いじ》めに参加させた。日ごとに味方が消え、代わりに敵が増えていくのは、凄まじい恐怖だったに違いない。

『馬鹿どもを操ってカスを虐《いじ》めるのって、割といい暇つぶしになるわ』

そう言って笑っていたラグララの顔を思い出すと、今でも寒気がする。神様はどうしてこんな悪魔のような人間に、人を操る才能を与えたのだろう。

……そして、最終的にミアさんは精神を病み、自分で自分の手首を切った。幸運にも命は助かったが傷ついた心は元に戻らず、今でも彼女の時間は止まったままだ。家に引きこもり、外に出ることもできないらしい。

それを知ったラグララは、お気に入りの雑誌を読みながらこう言った。

『あ、そうなの。お気の毒に』

何の関心もない、明るくも暗くもない声だった。結び言葉で『お気の毒に』と口にしたが、確実に相手のことを気の毒だなんて思っていない声。自分の働きかけで、一人の人間が極限まで苦しんだというのに、どうやったらここまで無関心な声が出せるのかと思うほどだった。

ラグララの話を聞いていたリズが、珍しく呆れたような声を出して尋ねる。

『ちょっとちょっと。その子、お姉様が仲間を使って徹底的に追いこんだんでしょ？　それなのに、まるで他人事みたいに言うのね』

ラグララは雑誌のページをめくり、リズに視線すら向けず、こう言った。

『そうよ？　だって、他人が生きてようが死んでようが、他人事でしょ？』

ゾッとした。

ラグララにとっては本当に心の底から、他人がどうなろうが知ったことではないのだ。たとえそれが元々は自分の友人で、自分自身の手で追い詰めた相手だとしても、最終的にはどうでもいいのだ。ラグララはきっと、彼女を虐《いじ》め始めた理由すら覚えていないに違いない。

この人には、心がない。

その、心のないラグララが、今私を見つめている。

私は『何か御用かしら？』という彼女の問いに、短く答える。

「いえ、何も」

本心からの言葉だった。ラグララが私のことに気がついていないなら、別にそれでいい。彼女と話すことなど、何ひとつないのだから。

ラグララはそもそも私の回答など待っていなかったかのように、ロイさんに視線を戻す。そして先程からの要求をもう一度繰り返した。

「ねえ、何度も言わせないでよ。さっさとパーティー会場に案内してってば」

ロイさんは頭をかき、気まずそうに言う。

「いや、それが、言いにくいんだけど、パーティーはもう終わっちゃったんだ。公爵様が歓待はありがたいが、多くの農民たちと実際の農作業を通して交流したいと仰《おっしゃ》るから……」

ラグララは小さく口を開けたまましばらく黙っていた。そして、晴天が一瞬で雷雲に包まれたかのように、ラグララの表情が激変する。

「はぁ？」

その短い言葉の中には、隠すつもりもない怒気が溢れていた。

ラグララは凄い顔をしていた。整った鼻梁が潰れそうなほど歪み、目と眉が信じられない角度につり上がっている。形のいい唇はうっすらと開かれ、常人よりもやや鋭い八重歯が獣の牙のようにギラリと光った。

まるで、鬼の顔だ。憤怒と侮蔑が混ざり合い、ラグララの本性をそのまま表に出した顔。先程までの澄ました顔など、ただの仮面に過ぎない。

ラグララは威圧的な声で、言葉を続けていく。

「私はねぇ、あんたが来いって言ったから、わざわざこんなクソつまんない農園なんかに来たのよ。それなのに、パーティーはもう終わったですって？　あんた、私を舐めてるの？」

あまりの迫力に、ロイさんはもうたじたじである。単に怒ったラグララを恐れているというよりは、ラグララに嫌われることを恐れているように見えた。

「す、すまない。そんなつもりじゃなかったんだけど……そうだ、今やってる作業が終わったら、二人でどこかに遊びに行こう。良いお店があ……うぎっ」

ロイさんの言葉は奇妙な呻《うめ》きと共に途中で途切れた。彼はまるで、見えない巨人に踏みつぶされたかのように地面に倒れ伏し、動かない。

異様な状況に私もパティも困惑するだけだ。きっとロイさんも自分の身に何が起こっているのか、わかっていないだろう。

そんな中、ラグララだけがすべてを知っているように、冷ややかな目でロイさんを見下ろしている。ラグララはつかつかと歩いて行くと、倒れたままのロイさんの頭を踏みつけた。

「今日は遊ぶ気分じゃないの。パーティーで貴人とのコネを作る気分だったのよ。アホ貴族どもと仲良くなっておけば、いろいろと利用しがいがあるからね。あんたはね、その私の予定を台無しにしたのよ？　どうしてくれんの？　ほら、答えなさいよ」

ねちねちと詰《なじ》りながら、ラグララは硬いブーツの踵でロイさんの頭にぐりぐりと圧力をかける。

ロイさんは苦痛に喘ぎ、「すまない……」と謝罪を繰り返すだけだ。

そこで、奇怪な状況に圧倒されていたパティが我に返り、ラグララに怒鳴った。

「やめるっす！　誰だか知らないけど、何でこんな酷いことするんすか⁉」

ラグララの視線がロイさんからパティに移る。凄い目だ。まるで、蛇の瞳。まったく人間味を感じない、冷酷な瞳。睨まれるよりも、よっぽど恐ろしい瞳だった。

パティはビクリと肩をすくませたが、それでも懸命に抗議を続ける。

「あ、あの、とにかく、ロイさんから足をどけてほしいっす……」

声のトーンがどんどん弱くなっていくが、それでも私はパティの勇気に感服した。かつての私は恐ろしいラグララに対し、一度だって物申すことなどできなかったから。

その時、かすかな音が風に乗って聞こえてくる。

……この、独特のイントネーション。魔法の呪文だ。アルベルト様から魔法についていろいろと習っているので、それくらいはわかる。

次の瞬間、パティの体がロイさんと同じく、潰れるように崩れ落ちる。哀れなことにパティは土に顔から突っこみ、その後なんとか首を横に向け、苦しそうに咳をした。

「げほっ！　げほっ！」

「パティ、しっかりして！」

私はパティの側にしゃがみこみ、彼女の体を起こそうとするが、びくともしない。まるで、巨大な重しでも乗せられているようだ。

そこで、やっと気がついた。これは魔法だ。何らかの魔法で、パティとロイさんは無理やり地面に押しつけられているのだ。

そして、その魔法を発動させたのは先程の呪文であり、呪文の詠唱者はラグララだろう。ラグララは苦しげに身をよじるパティを見て、つまらなそうな顔で言う。

「ごめんあそばせ。あなたの言葉遣い、ちょっと耳障りだからしばらくそのままでいてちょうだい。少し苦しいでしょうけど、骨が折れるようなことはないわ。私の力加減は完璧だから」

「ううぅぅ……っ！」

パティの表情はとても『少し苦しい』程度とは思えない。

ラグララの言葉が真実だと仮定して、骨が折れることはないとしても体全体に相当な圧力をかけられ、かなりの苦痛を味わっていることは間違いないだろう。

これは、明らかな傷害事件だ。

素手での暴行より凶器を使ったほうが罪が重くなる場合が多いのは当然だが、魔法を使った傷害事件はそれよりもさらに重罪化しやすい。強力な魔法は鈍器や刃物よりも、よっぽど恐ろしい凶器と言えるからだ。

ラグララがロイさんとどんな関係であったとしても、大農場の後継ぎである彼と、公爵家のメイドであるパティにこんなことをしてただですむはずがない。

私は、今思った通りのことをラグララに言おうとした。しかし、その機先を制するようにラグララが口を開く。

「そこのメイドさん。あなたが考えてたこと、当ててあげましょうか。『これは魔法を使った傷害事件だ。こんなことをしてただですむと思っているのか』ってところでしょ？　違う？」

なんて勘が鋭いのだろう。まるで読心術だ。自分が言おうとしたことを全部言われてしまい黙りこむ私の代わりに、ラグララはペラペラと話を続けていく。

「あなた、頭悪そうだから賢い私が親切に教えてあげる。この国の傷害罪はね、現行犯逮捕でない限り担当官が被害者の怪我の程度を目視し、後は聞き取り調査を経て罪の大小を決定するの。つまり、体に目立つ傷や痣がなければ傷害罪は成立しないのよ」

「……………」

「ロイもそっちのメイドさんも、まあかなり苦しいでしょうけど、体に痣が残らない程度に私は上手に加減してるわ。だから、これだけやっても傷害罪にはならない。事実がどうあれ、法律上は私は何もしてないのと同じなのよ。ご理解いただけたかしら？」

そんな理屈、まかり通るわけがない。

邪悪な顔で嗤《わら》うラグララに、私は抗議する。

「でも、魔法を使った傷害行為は、そう簡単に無罪放免とはいかないはずだわ。魔法の痕跡は、独特の匂いとして被害者の体に残るから。そして魔法絡みの傷害事件は、普通の喧嘩より大きな罪に問われる。たとえ外傷が残らなかったとしても、厳しく調査されるはずよ」

私の反論にラグララは目を丸くした。

驚いたというより、少し感心したといった様子だった。

「へえ、びっくり。意外と博識なのね。ご主人様に媚びるしか能のない、慰み者同然の使用人のくせに。魔法の匂いについても知ってるなんて、なかなか感心だわ。褒めてあげる」

ずっと昔は、『お姉様に褒めてもらいたい』だなんて卑屈なことを考えていたけど、今さらこの女に褒められても嬉しくも何ともない。

私は黙ってラグララを睨みつけた。パティたちに使っている魔法を私にも使ったらいい。そうすれば、この女の罪はもっと重くなるだろう。

だがラグララは私との問答が気に入ったのか、魔法を使って黙らせるようなことはせず、嘲笑を浮かべて言葉を続けていく。

「でも残念ながら勉強不足ね。私の使う魔法は特殊で、被害者の体に匂いを残さないの。私はね、被害者の体に直接魔法をかけてるんじゃなくて、周囲の空気に魔法をかけて性質を変え、重くしてるのよ。それを使って、ロイとそっちのメイドさんを押し潰してるってわけ」

そんなこと、できるの？　空気を重りに変換するなんて、私には想像することすらできない魔法だ。たじろぐ私の心をまたしても読んだのか、ラグララは余裕たっぷりに言う。

「凡人じゃ一生かかっても無理よ。でも、私にはできるの。天才だから。とはいえ、ずっと圧力をかけてたら変な痣が残っちゃうし、そろそろ解放してあげるわ。多少は気も晴れたしね」

そこまで言い切ると、ラグララはパチンと指を鳴らした。見た目には何の変化もないが、ロイさんとパティの顔がスッと安らかになる。どうやら本当に、空気の重りを消したらしい。

「うぅ……けほっ、こほっ」

「パティ、しっかりして……」

私はパティの体を抱き起こし、覚えたての治癒魔法を使った。未熟な魔法ではあるが少しずつパティの顔色が良くなっていく。アルベルト様に魔法を習っていて本当に良かった。

さあ、次はロイさんにも治癒魔法をかけてあげないと。そう思って、ロイさんのところに駆け寄ろうとすると、そこには予想外の光景が広がっていた。なんとラグララが慈しみ深い女神のような表情で、ロイさんに治癒魔法をかけていたのだ。

私の使う魔法とは比較にならない高度な魔法で、ロイさんはたちまち元気になって立ち上がる。そんなロイさんにラグララは抱きつき、心を揺さぶる悲哀のこもった声で謝罪した。

「ああ、ロイ。さっきはごめんなさい。私、ついカッとなって酷いことをしてしまったわ。あなたと一緒にパーティーを楽しみたかったのに、それが駄目になって辛かったの……」

さっきの鬼の形相からの変わりように、眩暈《めまい》がする。

しかし、ラグララの言葉には不思議な力があり、聞いていると先程までのことが間違いで、すべてを水に流すべきではないかと思えてくる。まるで頭の中に直接手を入れられ、思考を操作されているような不気味な感覚だった。

ロイさんもその不気味な感覚を味わっているはずだが、その目はとろんとし、彼は当たり前のようにラグララを許してしまった。

「そうか……ラグララ、そんなに辛かったんだね……僕がもっと早くに、きみを迎えに行けばよかったんだ。すまない、謝るのは僕のほうだ……許しておくれ……」

いつの間にかロイさんのほうが、ラグララに許しを乞うていた。ラグララは自らの美貌を最大限に生かすようにほほ笑む。それは神々しいまでに輝く、偽りの笑みだった。

「ええ、もちろん許すわ。だって私とあなたの仲じゃない。大好きよ、ロイ。誰よりもあなたを愛しているわ」

傍から見ていれば偽りの愛の言葉だとすぐにわかる。ちょっとカッとなったくらいで大好きな人を魔法でいたぶるような人間に、愛なんてあるはずがない。

しかし、そんな偽りの愛の言葉に、ロイさんは身を震わせて感激していた。この様子ではロイさんがラグララの傷害行為を訴え出るようなことは、まずありえないだろう。

パティと私が騒いだところで、何も証拠は残ってないし、そもそも、アルベルト様が久しぶりに領地視察を再開されたのに、その第一回目で私たち使用人がトラブルを起こしたとなれば、また根も葉もない噂を立てられかねない。

アルベルト様の足を引っ張ることだけは、絶対に駄目だ。

となると結局、ラグララの思い通りになってしまうのか。狡猾な魔法でロイさんとパティを苦しめた罪を裁いてやりたいが、どうすればそれができるのか私にはわからなかった。

悔しさに唇を噛む私のことなど気にも留めずに、ラグララはしゃがみこんだままのパティに手を差し出す。相変わらず美しい、偽りの笑顔で。

「あなたも、ごめんなさいね。痛いところがあるなら言ってね。私が完璧に治してあげるわ」

なんて優しい声を出すのだろう。男も女も大人も子供も、皆この声に騙されてしまうのだ。同じ家で一緒に育ち、その内面の醜悪さを知る私でさえうっかり騙されそうになる。

この女は、魔女だ。生まれつき、高い魔力と人を操る魔性を持った正真正銘の魔女。人懐っこいパティはきっと素直にラグララを許すだろう。

だが、パティはラグララの手を取らなかった。

代わりに、普段からは想像もできない低い声で呟く。

「……おかしいっす」

「えっ？」

「お姉さんが自分にしたことは、別にいいっす。自分、頑丈っすから。でも、ロイさんのことを愛してもいないのに、適当なことを言って騙そうとしているのは、許せないっす」

ラグララの笑顔が凍りついた。その凍った笑顔で、ラグララは淡々と言う。

「酷いわ。どうして、私がロイを愛していないって思うの？」

「どうしてもこうしてもないっす。大好きな人を魔法でいたぶるような人間に、愛なんてあるはずないっす」

胸のすくような思いだった。パティは私がついさっき思ったことを、そのままラグララに言ってのけたのだ。

ラグララの顔が不快そうに歪む。誰にでも物怖じしないパティの素直さが、何でも自分の思い通りになると思っているラグララの心に傷をつけたのは、爽快だった。

だが結果的には、ラグララの思い通りにさせておくべきだったのかもしれない。パティの言葉で、収まっていたラグララの怒気が再び爆発したからだ。

ラグララは『ふふっ』とも『くくっ』とも聞こえる、乾いた風のような笑い声を上げる。私は青ざめた。ラグララは昔から本気で激昂する前は、今みたいに不気味な声を出すのだ。

ラグララはパティを指さし、また何かの呪文を唱えた。いけない。きっと、さっきよりも酷い魔法でパティを苦しめる気だ。

私は考える間もなく、パティの前に出た。

次の瞬間、体の内側から針で刺されたような激痛が全身を貫く。

「うっ、ぐっ、あぁっ！」

堪えられるはずもない痛みに、悲鳴が漏れた。

それは今まで味わったことのない、激烈な痛みだった。苦痛に悶えながらも頭だけは妙にスッキリしており、ラグララの声が鮮明に響いてくる。

「あ〜あ、かわいそ。別にあんたを狙ったわけじゃないのに。いい子ぶって、仲間を庇おうとするからよ。ふふ、どう？　痛いでしょ？　私の魔法で、あんたの痛覚を直接刺激してるの」

ラグララは小指をピンと立てて言葉を続ける。

「と言っても、小指の先でつつく程度の刺激だけどね。ふふ、くくく、この程度なら魔法の匂いも残らない。だから証拠を残さずに、不愉快な奴を徹底的にいたぶれるってわけ。どう？　神経を直接攻撃されるのは、殴られるのなんかとは比較にならないほど、鮮烈な痛みでしょ？」

その通りだった。これなら百発ぶたれたほうが、まだずっとマシだ。私はたまらずに、地面に膝をついた。パティが今にも泣きそうな声で、ラグララに抗議する。

「やめるっす！　あなたを怒らせたのは自分のはずっす！　レベッカにかけてる魔法を解除して、自分を痛めつければいいっす！」

そんな必死なパティの姿を見て、ラグララは嫌な嗤《わら》いを浮かべた。

「慌てなくても、あんたも後でいたぶってやるわよ。……ん？　レベッカ？　どこかで聞いた名前ね。誰だっけ？　私にとって価値のある人間なら、絶対に忘れたりしないから、きっとどうでもいい奴よね。えっと、う〜ん……あっ」

ラグララは、何かを思い出したようにパンと両手を打った。

「そうそう、あんた、あの能無しリズにすら顎で使われてたレベッカじゃないの。何？　あんた今、メイドなんかやってるわけ？　ふふっ、笑える。他人にご奉仕するしかやることないの？　つまんない人生ね。あんたに比べたら、野良猫や野犬のほうがまだ生きることを楽しんでるわよ」

余計なお世話だった。だが反論しようにも、痛みでまともな言葉を発することすらできない。外傷こそないが、全身を針で穴だらけにされていくような気分だ。

パティはわんわん泣いて「やめるっす！」と連呼するが、それでラグララがやめるはずがなかった。むしろ、私を苦しめることで間接的にパティの心をいたぶることができると気づいたようで、もう簡単には魔法を解除したりしないだろう。

そんな惨《むご》い事態を見かねたのか、これまで沈黙していたロイさんがラグララを諌《いさ》める。

「ラ、ラグララ。これはあまりにも……もう、そのあたりで……」

「うるさい。黙ってろ。あんたの意見なんて求めてないのよ。私、今とってもいい気分なの。あんたは大人しくお座りして、尻尾でも振ってなさい」

ラグララはもう正気ではなかった。酩酊した酔客のような、どろりとした目つき。

……この女は、人をいたぶることで快楽を感じている。生まれ持った天才的な魔法で、弱者を踏みにじるのが楽しくて仕方ないのだろう。

この女は怪物だ。ラグララと比べるとリズなんて可愛く思えてくる。ロイさんもラグララの迫力に圧倒され、もう何も言えなくなってしまった。……彼を責める気はない。この世の中に、邪悪な魔法を操る怪物に物申せる人間がどれだけいるだろうか。

そこで私は、あることに気がついた。パティがすっかり静かになってしまっているのだ。パティは先程までのように喚《わめ》いておらず、ただじっとラグララを見つめ、聞き取れるか聞き取れないかギリギリの小さな声で何かを呟いていた。

「やめろ……やめろ……」

ラグララは、わざわざ聞き耳を立てるような仕草をして、そんなパティを嘲る。

「えぇ～？　なぁにぃ～？　もっと大きな声じゃないとぉ、聞こえないんだけど～？」

次の瞬間、突風が巻き起こった。すぐ近くを駿馬が駆け抜けていったような、強く鋭い風。その風からやや遅れて、悲鳴が轟《とどろ》く。

「ひぃぃぃぃぃっ!?」

それはラグララの悲鳴だった。不意に、私の全身を苦しめていた激痛がなくなる。体も心も楽になったことでそのまま倒れてしまいそうになるが、私はなんとか踏ん張ってラグララのほうを見た。

なんと、パティがラグララの右前腕部に噛みついている。それだけではなく、パティの両手からは鋭い爪が伸び、それもラグララの腕に食いこんで、鮮血が溢れていた。どうやら先程の突風は、パティがラグララに飛びかかった際に起こったものだったようだ。

「ひっ、ひぃっ、な、なんなのこいつっ⁉　あがっ、痛い、痛いわ……っ！」

誰も彼もを見下し、他人を傷つけることには何の躊躇《ちゅうちょ》もないラグララだが、自分が痛い思いをするのは嫌らしい。彼女の辞書には間違いなく、自業自得という言葉は載ってないだろう。

それにしても、ラグララが誰かに傷つけられるなんて生まれて初めてのことかもしれない。本人も相当に驚いているらしく、魔法を使えばパティを引きはがせるだろうに、パニックになって泣きわめくだけだ。

「いひっ、ひいぃぃいっ……」

挙句の果てに足をもつれさせ、ラグララは土の上にどすんと尻もちをついた。

それで、やっとパティはラグララの腕から口を離した。性格はともかく、見た目だけは美しかったラグララの白い腕に、ゾッとするような噛み痕と爪痕が残っている。特に酷いのは、噛み痕だ。それは、人間の歯型とは思えないほど深く大きな傷だった。

私は、パティに視線を移した。

「ふーっ、ふーっ……！」

パティは興奮し、荒い息を吐いているが、これ以上ラグララを傷つける気はないようだった。口元と指先から、赤い血が滴っている。

しかし、それよりも私の目を引いたのはパティの頭だ。

ぴょこんと、何かが出ている。それは狼のような耳だった。その毛むくじゃらの耳は、パティの呼吸音が小さくなると共に少しずつ小さくなり、最後には初めからなかったかのように、頭の中に引っこんでしまった。

ロイさんが唖然とした声を上げる。

「獣人だ……」

獣人。本で読んだことがある。見た目は人間によく似ているが、精神的にも肉体的にも獣に近い種族で、かつてはこの国にもたくさんの獣人がいたという。だが、獣人は人間に比べて感情の起伏が激しく、ふとしたことで狂暴化するため、次第に人間たちから疎まれるようになった。

そしてある日。とある獣人が人間に対する反感から大量殺戮事件を起こした。それをきっかけに人間の獣人に対する差別感情は頂点に達し、結果、人間を傷つけた獣人は皆火あぶりの刑に処せられることに決まったのである。

残酷な刑罰を恐れて獣人たちは続々と出奔し、今ではこの国の都市部には一人の獣人も住んでいないと言われていた。パティが、その獣人だったなんて。

尻もちをついたままだったラグララが、よろよろと立ち上がりながら叫ぶ。

「あんた、汚らわしい獣人だったのね！　この薄汚い畜生がっ！　人間様にこんなことをしてただですむと思ってるの⁉　よくも私の美しい腕に傷をつけてくれたわね、こんなに血が出てるじゃないのっ！　くそっ！　くそぉっ！」

激しく罵倒しながらも、ラグララは魔法を使って攻撃してこなかった。きっと、生まれて初めて他者から強烈な反撃を受け、そのショックで体が竦《すく》んでいるのだろう。それに、獣人であるパティの力に対する恐れもあるのだと思う。

しかし弁舌は絶好調であり、石でも投げつけるかのように次々と言葉をぶつけてくる。

「やっちゃいけないことをしたわね、お馬鹿さん！　王都の中央裁判所にこの傷を見せて告発してやるわ、人間様を傷つけた獣人がいるってね！　あはっ絶対に逃がさないわよ！　楽しみに待ってなさい！　あんたは火でじっくりあぶられて、苦しんで死ぬのよ！　ざまあみろ！」

そんなラグララを、パティは力ない目で見た。

「ひぃっ」

別に睨みつけられたわけでもないのに、ラグララは情けない悲鳴を上げる。先程のパティの逆襲がよっぽど恐ろしかったのだろう。ラグララはじりじりと後ずさり、パティとの間に十分な距離を確保すると踵《きびす》を返して一目散に逃げて行った。

パティはもう、ラグララのことなど見ていない。

ぽつんと立ち尽くし、茫然とした様子で一言だけ呟いた。

「やってしまったっす……」

私とパティにとっては大変な出来事だったが、ラグララの魔法は派手な爆発や轟音を伴うものではなかったから、農園の他の場所にいた人たちは誰もこの騒動に気づくことなく、アルベルト様の領地視察は問題なく終了した。

そして夕刻。帰りの馬車の中で、アルベルト様は終始上機嫌だった。口元をほころばせて、私に語りかけてくる。

「今日は素晴らしい一日だった。農民たちは最初『冷酷と噂の引きこもり公爵がいきなり訪ねてきて、一体何のつもりだろう』という様子だったが、時間をかけて真摯に語り合うことで、最後は随分と打ち解けることができた。やはり人間同士、直に触れあうのは大切なのだな」

そう言って、何度も頷くアルベルト様。

そのほほ笑ましい様子に、私も自然と笑顔になった。

「それはよろしゅうございましたね。アルベルト様の優しいお気持ちが皆さんに伝わって、私も嬉しいです」

アルベルト様の喜びは、私の喜び。領地視察が大成功に終わり、本当に良かったと心から思う。

ラグララとの騒動がなければ、私の気持ちもどれほど晴れやかであったことか。

アルベルト様の嬉しそうなお顔を見ていると、農園でラグララと出会ったことが、ギラギラと輝く太陽が見せた幻のように思えてくる。しかし、あれはまぎれもなく現実だ。

『王都の中央裁判所にこの傷を見せて、告発してやるわ！』

この言葉通り、ラグララはすぐにパティを告発するに違いない。

異常なまでの完璧主義者であるラグララは自分に恥をかかせ、あまつさえ傷をつけた相手を絶対に許しはしない。パティを火あぶりにするために、ありとあらゆる方法を使ってこちらを責め立ててくるだろう。

そんなこと、させてたまるものか。ラグララの残虐な魔法から私を救うために立ち向かってくれた勇敢で優しいパティを、何としてでも守ってみせる。

だが、意気ごんだところで、私の見識でパティを守れるとはとても思えなかった。それに、領地視察中に起こったトラブルだから、アルベルト様に事態の仔細を報告しなければならないだろう。せっかく良いご気分のアルベルト様に、こんなことを話すのは心苦しいが……

私の浮かない様子を察知したのか、アルベルト様は語るのをやめて私の顔を覗きこんできた。

「どうした？　慣れない農作業で疲れたのか？　そういえば、パティもぐったりしていたな。あの元気娘がまいってしまうとは珍しいこともあるものだ。……もしかして、何かあったのか？」

さすがはアルベルト様だ。私たちのことをよく見てくださっている。ラグララとの騒動について話すなら、今しかないだろう。

私は覚悟を決めてアルベルト様に向きなおった。

「……アルベルト様、お話ししなければならないことがあります」

「そうか……そんなことが……」

騒動についてひと通り聞くと、アルベルト様は瞳を閉じて重たいため息を漏らした。馬車の小窓から差しこんでくる夕日に照らされたそのお顔は、思い悩む彫像のようだった。

「パティは温和で、心優しい娘だ。あの子なら秘めた獣人の力を使うようなことはないと思っていたが、友であるお前が苦しむ姿を見て、自分の感情を抑えられなかったのだな……」

「はい。パティは、私を助けるためにラグララに立ち向かってくれたんです。……あの、アルベルト様はパティが、その、獣人であることを知っておられたのですか？」

「ああ。というよりパティの素性を知るのは、屋敷内で私だけだ。メイド長ですら貧しさゆえに奉公に出された娘だと思っている。だが、実はそうではない。パティは……」

アルベルト様はそこでハッとして沈黙し、数秒経ってから言葉を続ける。

「すまない、レベッカ。パティの生い立ちについては、私の口から軽々しく語ることはできない。彼女の名誉に関わることだからな。ただ、これだけは言っておこう。パティもまた、私やお前と同じく親から愛されなかった子だ」

「…………」

「だからというわけではないが、私は何としてもパティを救ってやりたい。今後のことは屋敷に帰ってから、パティも交えて三人で相談するとしよう」

「わかりました」

「パティが獣人の血を引いていることは、他の使用人には秘密にしておきたい。獣人に差別意識を持つ人間は多いからな。今後のことは、すべて私たちだけで何とかしなければ……」

私は、頷いた。アルベルト様なら必ず力になってくれると信じていたが、それでも直接『パティを救ってやりたい』と言ってもらえると、頼もしく、安堵した気持ちになった。

◆

そして、夜。私とパティはアルベルト様の私室に集まった。テーブルを挟む形でアルベルト様が向こう側、私とパティがこちら側に隣り合って座っている。パティはいつもの天真爛漫ぶりが嘘のように気落ちしており、ほとんど口を開くことはなかった。

アルベルト様が私とパティの顔を順番に見て、大きく頷く。

「では、話を始めるか。ラグララが今日のうちに告発の準備を進めているとしたら、明日にはもう中央裁判所から召喚状が来るはずだ。国王陛下直轄の中央裁判所の指令は絶対であり、公爵の私でも拒むことはできない。お前たちはこの国の司法制度について、どれくらい知っている？」

私は少々思案してから答える。

「えっと、確か原告と被告がそれぞれの主張をして、その主張をもとに裁判長と五人の陪審員が話しあって、その日のうちに判決を下すんですよね？」

「その通りだ。よく勉強しているな。開廷からほとんど一日で判決が出る、他国に類を見ない超高速審理だ。しかも、一度決まった判決はそう簡単に上訴して覆すことはできない。だから我々は、相当な覚悟で裁判に臨まなければならない」

「…………」

「恐らくラグララはパティを火あぶりにしようと、『パティは獣人である』と立証することに全力を尽くしてくるだろう。我々はそれを認めずに、『パティの行動は正当防衛だ』と主張すべきだと思う。二人とも、他に良い案があったら遠慮なく言ってくれ」

私は黙っていた。他に妙案は思いつかなかったし、アルベルト様の言う通りにすればきっとなんとかなるような気がしたからだ。そこで初めて、パティがおずおずと口を開く。

「自分を助けようとしてくれる、公爵様とレベッカの気持ちはありがたいっす……でもいいっす……全部、自分のせいっすから……」

アルベルト様が小さく首を傾げて問う。

「『いいっす』とは、どういうことだ？」

パティは懐《ふところ》から封筒を取り出し、テーブルに置く。そこには『退職願』と書かれていた。

「正当防衛が認められなかったら、自分の主人である公爵様にもご迷惑がかかるっす。そんなの絶対に嫌っす。自分、これから闇に紛れてどこかの山奥に逃げるっす。そうすれば裁判は開けないっすから、少なくとも公爵様の雇用主責任についてはうやむやになるっす……」

「それは駄目だ、パティ。確かに、お前がいなければ裁判は開けないから、私の責任はうやむやになるだろう。だが、裁判から逃げるとラグララの主張がそのまま認められ、お前は人を傷つけた獣人とみなされて指名手配犯になる。そうなれば、どこにも安息の地はない」

「………………」

「山奥に逃げても、完全な獣人ではないお前に野生の過酷な暮らしは無理だ。それに、山を縄張りにしている生粋の獣人たちが、お前を受け入れてくれるとは思えない」

完全な獣人ではないって、どういう意味だろう？

訝《いぶか》しげに首をひねる私に気がついたのか、パティはこちらを見る。そして、力なくほほ笑んだ。とても寂しい笑みだった。

「自分、人間のお母さんと獣人の男の間に生まれた、半分人間で半分獣人の『半獣人』なんすよ。だから、激しく感情が高ぶらない限りは獣人の耳や爪、牙は引っこんでるっす。争いごとも苦手だし、どっちかっていうと人間の血のほうが濃いと思うっす」

「そうなんだ……」

そこで私は、パティの言葉にちょっとした違和感を覚えた。

母親のことは『人間のお母さん』と呼んだのに、父親のことは『獣人の男』と呼んだ。これは、かなり妙な言い回しだ。

パティはまたしても私の疑問に気がついたのだろう。まるで、私とお喋りするのは今日で最後だからすべてを打ち明けてしまおうとするかのように、淀みなく語り続ける。

「お母さんは旅行中に獣人の男に襲われて、自分を身ごもってしまったっす。お母さんは何度もお腹の中の自分を殺そうと思ったらしいっすけどどうしてもできなくて、自分は生まれてしまったっす。でもお母さんはやっぱり自分を愛せなくて、自分、四歳の時に捨てられたっす」

パティは情感をこめずに淡々と語っているが、凄まじい話だった。

私はずっと自分のことを不幸な家庭環境で育ってきたと思っていたが、それでも衣食住は保証されていた。自力で生きていけるはずもない幼児の段階で捨てられるなんて、親から死刑宣告されたのと同じである。

私は戦慄しながらパティの話に耳を傾け続けた。

「捨てられてからは、物乞いしながらあちこち転々としたっす。普通の子供なら野垂れ死ぬところっすけど、そこは自分は半獣人なんで体力あるっす。だから、生き延びられたっす」

「……………」

「で、十三歳の頃、ラッキーなことにおっきな商家の馬番さんが、野良犬同然だった自分を拾ってくれたっす。その日から自分は馬番さんのお手伝いをしながら生活してたっす。雨風をしのげる場所で寝起きができて、毎日ご飯も食べられるようになって、凄く幸せだったっす」

パティの表情が少し明るくなった。

本当に、とても良い思い出なのだろう。

「馬番のお爺ちゃんはとても親切で、カタコトしか喋れなかった自分に、言葉と読み書きを教えてくれたっす。お爺ちゃんの口癖が『わかったっす』と『ありがたいっす』だったから、自分も語尾に『っす』って付けるのが移っちゃったんす」

なるほど。きっと、単に口癖が移ってしまっただけではなく、自分に親身に接してくれたお爺さんに対する親愛の気持ちが、パティの口癖の中に今でも生きているのだろう。

「でも、十五歳の時にお爺ちゃんは病気で死んじゃったっす……。お爺ちゃんの雇い主だった商人さんは、新しい馬番さんを雇ったんすけど、その馬番さんは『得体の知れない小娘などいらん』と言って自分を追い出したっす。また物乞いしながらの暮らしに逆戻りっす。それで、あちこちを流れに流れて、最後に公爵様のお屋敷にたどり着いたっす」

「…………」

「本来なら、自分みたいな得体の知れない小娘が公爵様にお目通りできるなんてありえないっす。でも、不思議な偶然で、たまたま遠乗りから戻った公爵様とばったり対面できたんす。公爵様はボロボロな自分を心配して話を聞いてくれたんす」

パティはここではないどこか遠いところを見るような目で、言葉を続ける。

「自分、ハッキリ言って限界だったっす。優しかったお爺ちゃんもいなくなって、なんかもうこれ以上無理して生きなくてもいいかなって思ってたっす。それで、公爵様に打ち明けたっす。『自分は半獣人で、いつか狂暴化して罪を犯すかもしれないので殺してください』って」

「そんな……」

「でも、公爵様は自分を憐れんでなんと使用人として雇ってくれたっす。このお屋敷の人は皆優しい人ばかりで、自分、生き返ったような気分だったっす。それに、初めて友達ができたっす。レベッカのことっす。自分、本当に楽しかったっす。もう思い残すことはないっす」

「パティ……」

「このお屋敷でのことはきっと全部夢だったんす。どうしようもない人間未満の自分に、神様が最後に素敵な夢を見せてくれたんす。でも、とうとう夢の終わりが来たっす。自分、死ぬのは怖くないっす。でも、公爵様やレベッカに迷惑をかけるのだけは絶対に嫌っす。だからやっぱり自分は出ていくっす。今まで本当にあり……」

パティが最後まで言い終える前に、私は彼女を抱きしめた。

「終わりになんかさせない。必ずあなたのことを助けてみせる。私の命に代えても。だから、全部夢だったなんてそんな悲しいこと言わないで……」

私はボロボロと涙を流していた。パティも泣いていた。しばらくの間、静かな部屋に私たちの咽《むせ》び泣く声だけが響いていた。

# 第五章　真の正義のための戦い

農場視察から戻った翌朝。アルベルト様の予想通りに、中央裁判所から召喚状が来た。

『スレイン家令嬢のラグララ・スレインに対する暴行容疑で、ハーヴィン公爵家使用人のパティ・ソルルを召喚する。本日午後二時までに、王都の中央裁判所に来られたし。なお、正当な理由なく出廷を拒んだ場合は、国王陛下の御名の元に罰が下される旨、承知されたし』

あのラグララのことだ、昨日農場から帰った後、パティへの恨みを晴らすために、他のすべてを差しおいてすぐに中央裁判所に告発に行ったのだろう。

私とアルベルト様、パティは正装に着替えて馬車に乗る。私とパティはフォーマルな服を持っていなかったから、お屋敷にあったものを貸してもらった。そして王都へと向かった。

馬車の中でパティはもう『どこかに逃げる』とは言わなかった。私とアルベルト様の気持ちを汲み、どんな結果になってもすべてを受け入れるつもりなのだろう。

……きっと良い結果にしてみせる。私にどれだけのことができるかわからないが、昨日のうちに思いつく限りのことはやっておいた。後は法廷で臨機応変に行動していくしかない。

私はパティを勇気づけるため、そして自分自身を鼓舞するために、パティの手をそっと握った。パティも私の手をそっと握り返してくれた。

そして午後一時、馬車はヴァレンス王国の王都ジェイレンに到着した。

さすがは王都だ。そこかしこに見たこともないような立派な建物が立ち並び、どこかでお祭りでもやっているのかと思うほど人の数が多い。

遊びにきたのであれば心も躍るだろうが、今はとてもはしゃぐような気分ではなかった。私たちは裁判の前に軽く食事をすませ、中央裁判所に足を運ぶ。

中央裁判所は国王陛下と法の権威を示すかのような、純白の巨大建造物だった。思わず圧倒される私とパティをよそに、アルベルト様は受付で召喚に応じた旨を伝えると書類にいろいろと記載をされている。

その時、視界の果てにある扉から誰かが入ってきた。

……ラグララだ。私が着ているような借り物の正装ではない、シックな黒いドレスに身を包んだラグララは、通路を行く人々が思わず足を止めて見入ってしまうほど美しかった。だが、私には彼女が悪魔の使いにしか見えなかった。

ラグララもこちらに気がついたようだ。私を見て陰湿な笑みを浮かべるとパティを指さし、何かを呟いている。距離があるためその呟きは耳に届かないが、それでも私にはラグララが何と言ったのかハッキリわかった。

『そいつを、地獄に落としてやる』

そう言ったのだ。

させない。絶対に、あなたの思い通りになんてさせない。

そして、裁判が始まった。


「それでは、ただいまより開廷いたします」

威厳ある装束に身を包んだ裁判長が、低いのによく通る声で言った。

傍聴席にいる人々まで含め、この法廷にいるすべての人間が一礼する。それから裁判長が原告側――ラグララに向かって、質問をした。

「ラグララ・スレインさん。あなたは、被告であるパティ・ソルルさんによって大怪我を負わされたとのことですが、それは事実ですか？」

「はい、裁判長。私が、友人であるロイ・エクスと話していると、被告人は何を思ったのか、突然唸りを上げて噛みついてきたのです。これが、その証拠です」

裁判に出廷するのは初めてだろうに、まったく緊張する様子もなく、ラグララは落ち着き払った声で答える。

ラグララはドレスの右袖をまくり、前腕部を露出させる。そこには深い噛み傷と、いくつかのひっかき傷が生々しく残されていた。

傍聴席が軽くざわついた。

その反応をちらりと確認してから、ラグララは言葉を続ける。

「見てください。この噛み傷と鋭い爪の痕を。この傷、少女の力で噛みついたにしては、深すぎると思いませんか？　それも当然のこと。被告人パティ・ソルルは、普通の人間ではありません。彼女は、本来の姿を隠して人間社会に紛れこんでいる、狂暴な獣人なのです」

傍聴席からどよめきが上がる。

「獣人だって？　あの温厚そうな女の子が？」

「だが、もうこの国には、一匹の獣人もいないはずだ」

「隅から隅まで調べたわけじゃないんだから、実態はわからないさ」

皆あでもないこうでもないと、好き勝手に言い合っている。

裁判長がトントンと木槌を叩いた。

「皆さん、静粛に。ラグララ・スレインさん。主張を続けてください」

「はい。告発状にも記載しましたが、私は、人間に危害を加えた狂暴な獣人パティ・ソルルを、火あぶりの刑にしていただきたいと思っています。我々の社会の平和と秩序を守るために」

何が『平和と秩序を守るため』だ。自分の鬱憤を晴らしたいだけのくせに。それに、何もしてないのにパティが突然噛みついてきただなんて、よくもそんなデタラメが言えたものだ。

私は今すぐに飛び出して行って、ラグララを黙らせてやりたい衝動に駆られた。そう思っていたところ、私の肩にそっと手が置かれた。アルベルト様の手だ。

「落ち着け、レベッカ。頭に血が上ると、冷静な答弁ができなくなるぞ」

その通りだ。私はアルベルト様の目を見て頷き、深呼吸をして気持ちを静める。

遠い外国には被告人の弁護をする弁護士という職業があるそうだが、この国の裁判では原告も被告も自分の主張は自分でするか、ごく近しい人に代弁してもらわなければならない。

昨日の夜パティは私とアルベルト様に運命を託すと言ってくれた。

『頭の悪い自分が何か言うと、きっと逆効果になるっす。だから自分、裁判では黙ってるっす。自分の命はレベッカと公爵様に預けるっす。どんな判決になっても、全部受け入れるっす』

そうだ。私の肩にはパティの信頼と命がかかっているのだ。決して冷静さを失ってはいけない。私は怒りを抑えて、ラグララと裁判長のやり取りを静観する。

裁判長はパティを一瞥《いちべつ》してから、ラグララに言う。

「しかし、ラグララさん。被告人には、獣人の特徴である獣の耳や尻尾が生えていないようですが。見たところ、髪の毛で隠しているようにも思えませんし……」

その疑問が来ることを想定していたのか、ラグララは微笑を浮かべた。

「彼女は恐らく、人間と獣人の間に生まれた子——いわゆる『半獣人』という存在でしょう。半獣人は激しく感情が昂るか、生命の危機に瀕しない限りは、肉体に獣人としての特徴が現れず、我々人間とあまり変わらないと聞きますから」

「なるほど。では、どうやって彼女が半獣人であると証明するのですか？　いや、まずはあなたの受けた傷が、本当に被告人がつけたものであることを証明していただきたい」

「承知しました。私は本件の証人として、ロイ・エクス氏の出廷を要請しています。彼が昨日、私の身に何が起こったかを証言してくれるでしょう」

アルベルト様が私に耳打ちする。

「まずいな。お前の話では、ロイはラグララに心酔しているそうじゃないか。彼が証人として出廷してラグララに有利な証言をすれば、こちらは一気に不利になる」

「そうですね。でも、きっと大丈夫です。ロイさんは来ないと思いますから。私、昨日のうちにロイさんに手紙を書いて速達で出したんです。だから、今日の朝には……」

まだ話の途中だったが、私の声は裁判所事務官の声でかき消された。

「裁判長！　ロイ・エクス氏から手紙が届きました！　彼は出廷を拒否するそうです！」

法廷全体がざわざわとどよめいた。裁判長は事務官に説明を求める。

「どういうことですか？」

「はい。何でも、この手紙によると……あっ、いえ、私が説明するより、手紙を直接読み上げたほうがわかりやすいかと思いますので、このまま朗読させていただきます」

そして事務官はすうっと息を吸い、明瞭な声で手紙を読み上げた。

「私、ロイ・エクスは出廷を拒否します。その理由は、私が原告であるラグララ嬢に、強い恋心を抱いているからです。それゆえ裁判所で彼女と会い、自分に有利な証言をするよう求められたら、拒否できないと思うのです。それがたとえ、事実とは違う証言であっても」

一気にそう言うと、大きく息継ぎしてまた朗読を続ける。

「もちろん、正当な理由なく出廷を拒めば、罰が下ることは承知しています。私は、それを受け入れます。私自身に対する罰については、また後日ご連絡ください。それでは、裁判長と陪審員の良心で正当なる判決が導かれることを、祈っております」

裁判長は、両手の指を組んで「ふぅっ」と息を吐く。

「ふむ……恋慕する原告の言いなりになって、被告に不利な証言をしないための出廷拒否とは、前代未聞ですな。それも、自分が罰を受けることも覚悟の上とは」

これまで余裕たっぷりだったラグララが、初めて眉をひそめ抗議する。

「裁判長。こんな勝手が許されるのですか？　彼は事件の一部始終を目撃しています。無理にでも引っ張ってきて、証言を……」

ラグララの発言を、裁判長は手を上げて遮った。

「まあ、お待ちなさい。強引に召喚することも可能ですが、これほど明白に『事実とは違う証言をする』と述べている証人を呼びつけても、真実の究明はできないでしょう。違いますか？」

「ぐっ……」

裁判長の正論に、ラグララは黙らざるをえなかった。アルベルト様が少々呆気にとられた様子で私に話しかける。

「驚いたな。まさか、自分が罰せられてもいい覚悟で出廷を拒むとは。レベッカ、一体どんな手紙を送って彼を説得したんだ？」

「説得なんて、大それたことはしていません。ほんの短い言葉を送っただけです。『あなたの良心に従って行動してください』って」

「それだけ？　本当に、たったそれだけの言葉で、ロイは中央裁判所の権威に抗うことを決断したというのか？」

私は頷いた。

「昨日言葉を交わした時に、私はロイさんが善良な人であることを悟りました。小さな嘘や、ごまかしの言葉すら言えないほど、正直で真っすぐな人。だからロイさんはわかっているんです。悪いのはラグララで、パティに罪なんかないって」

「ふーむ……」

「なので、あれこれ言わなくても、彼自身の良心に従ってもらえば、絶対にパティを苦しめるようなことはしないって確信があったんです。それに……」

「それに？」

「ラグララは昨日ロイさんに対しても非道な魔法を使い、苛烈な言葉を浴びせました。ラグララは人をたぶらかす達人ですが、あんなことをされてはさすがにロイさんの恋心も揺らいだでしょう。それで、何が何でもラグララのために尽くそうという気がなくなったんだと思います」

「なるほどな。恋は盲目と言う。いかにロイが善良な男でも、心からラグララに惚れこんでいては、愛する彼女のために嘘八百を並べ立てたかもしれない。しかしラグララは自らの悪辣さでロイの恋の夢を壊し、結果、彼の心は自由になったというわけか。自業自得だな」

そこで私とアルベルト様は話を終え、再びラグララを見る。

……ラグララは余裕の笑みを浮かべていた。

どういうこと？　重要な証人であるロイさんが来ない以上、パティの罪を立証するのは難しくなったはずなのに。そう思っていると、ラグララは意気揚々と語りだした。

「裁判長。ロイ・エクスの召喚はあくまで私の主張を補強するための要素に過ぎず、被告の罪の立証においてそれほど影響のあることではありません。被告が私に暴行を働いたことは、別の方法で立証できるのです。……ねえ、ルーク、そうでしょ？」

ラグララはそう言って、隣にいる白衣の青年の二の腕にそっと触れた。

彼のことは法廷に入ったときから気になっていた。白衣の青年――ルークは開廷時からラグララの側にいたが、これまで口を開くそぶりすらなく、ぼうっと法廷の壁を見ているだけだった。

ルークはしばらく経って、やっと自分が話しかけられていることに気がついたらしく、慌てて話し出す。

「あっ、はい。そ、そうです。ぼぼぼ、僕の開発した試薬を……」

たどたどしいルークの言葉を、裁判長はいったん遮る。

「失礼ですが、主張を述べる前に自己紹介をしてもらってもかまいませんかな？」

「あっ、はい。そうですね。ぼ、ぼ、僕はルーク・ビークといいます。ロッセント大学の薬学科の一年生で、ラグララさんの同級生です。か、か、彼女の力になりたくてやってきました」

「わかりました。主張を続けてください」

「あっ、はい。ぼ、僕は常々思っているのですが、犯罪捜査には科学的な手法が必要だと思うんですよ。そ、そのためには、未承認の薬も積極的に使うべきです。僕は中等部の時からそう主張しているんですが、誰もわかってくれなくて。でもラグララさんはそんな僕の話を」

裁判長がトントンと木槌を叩く。

「ルークさん。本法廷は、あなた自身の思想や信条を述べる場ではありません。いかにして被告が原告に暴行を働いたことを立証するのかを述べてください。なるべく簡潔に」

「あ、はい。わかりました。簡単に言うと、僕の開発した試薬を使えば、一日経った後でも血の痕跡を見つけることができるんです。ラグララさんの腕を引っ掻いたという被告の指に少し薬を振りかければ、今すぐに結果が出ます」

ルークの主張に、傍聴席だけでなく陪審員たちもざわめいた。

「一日経っても血液の痕跡がわかるだって？」

「ロッセント大学と言えば、薬学の名門だからな」

「名門の学生にしちゃ挙動不審だが、まあ、薬でわかるならやらせればいいだろ」

ラグララが私を見てほくそ笑む。

敗者を見下すような、嫌な嗤《わら》い。

それで確信した。ルークの言っていることは本当だ。学生の作った試薬とはいえ、ラグララの血液反応がパティの指から出たら、陪審員たちの印象は決定的に悪くなる。こうなったら先手を打ったほうがいい。

「アルベルト様。裁判長が試薬を使う許可を出す前に、こちらから暴行の事実を認めましょう」

「ああ、私もそう思っていた。そもそもこちらとしては、暴行の事実そのものを隠す気はなく、パティの行いは正当防衛だと主張するつもりだったからな」

アルベルト様は裁判長に向きなおり、大きな声を上げる。

「裁判長！　原告の主張のみが一方的に続いていますが、そろそろこちらにも発言の機会をいただきたい！」

裁判長は『簡潔に』と言ったのに、いまだにぶつぶつと自分の思想を語り続けているルークの相手をするのにうんざりしたのか、アルベルト様のほうを向き「認めましょう」と言った。アルベルト様は一度咳払いして、陪審員たちを見回すように述懐する。

「皆さん。私たちはそもそも、暴行の事実を隠す気はありません。私の家に仕える使用人であるパティ・ソルルが、原告ラグララ・スレインの腕に傷をつけたことは事実です。怪しい試薬など使わずとも、それについて言い逃れはいたしません」

法廷内がこれまでで一番のどよめきに包まれる。

自らの薬を『怪しい試薬』と呼ばれ、ルークは不愉快そうに唇を尖らせたが、アルベルト様に文句を言う度胸は彼にはなさそうだった。アルベルト様は皆のどよめきを静めるように、落ち着いた良く通る声で主張を続けていく。

「私たちが主張したいのは、パティの行為が正当防衛であるということです。原告ラグララ・スレインは、体に痕跡を残さない姑息な魔法で我が公爵家の下級メイド、レベッカを拷問しました。パティはそれをやめさせるため、やむなく立ち向かっただけなのです」

ビクビクしているルークとは正反対に、毅然としたアルベルト様の弁舌に、傍聴席の空気が変わった。皆、顔を見合わせて囁き合っている。

「正当防衛か、なるほどな」

「自分から暴行を認めたんだから、後ろめたいことはないんだろうな」

「大体、意味もなくいきなり襲いかかることなんて、普通ないものねえ」

良い流れだった。

ロイさんが来ない以上、ラグララには証人がいない。正当防衛が簡単に認められるかどうかはわからないが、それでもまったくの出まかせだと断ずることもできないはずだ。何より陪審員たちは、高貴な身分であるアルベルト様のお話に納得しているように見える。

その時、不意に背筋がゾクッとする。

理由はすぐにわかった。ラグララがこっちを見て、赤い舌を出して嗤《わら》ったからだ。ラグララはまだぶつぶつと何かを呟いているルークを押しのけ、声を上げる。

「裁判長。被告側は自ら暴行の事実を認めました。これは決定的なことです。ハーヴィン公爵は正当防衛がどうしたこうしたとほざいて……失礼、仰《おっしゃ》っていますが、パティ・ソルルの暴行が、正当であるか不当であるかは問題ではないのです」

そこで一度言葉を切ると、ラグララは法廷をぐるりと見渡して高らかに言う。

「重要なのは、獣人が人間を傷つけたという事実、その一点のみです。いかなる理由があろうと、人間を傷つけた獣人は火あぶりにするべきです！　裁判長、違いますか？」

先程、裁判長から『違いますか？』と言われたことに対する意趣返しをするように、問いかけるラグララ。まるで歌うような鮮烈で滑らかなスピーチに、裁判長さえも圧倒され、「それはまあ、そうですね」と頷く。

いつの間にか傍聴席の人々もラグララの演説に魅せられていた。ついさっきまではこちらの味方だったのに、口々に好きなことを言い合っている。

「うむ。たとえ正当防衛でも、人を傷つけた獣人は野放しにできん」

「そういえば昔、酷い事件があったよな。獣人による、人間の大量殺戮」

「あったあった。やっぱ怖いよ、獣人は」

彼らの声を聞き、アルベルト様は苦い顔で呟く。

「まずいな。例の獣人による大量殺戮は、この王都で起こった事件だ。だから王都の人々は、地方の者より獣人への恐怖と反感が強い。ラグララはそれを見越して、この法廷の全員を自分の味方にするつもりだったのだ」

やられた。私は自分の浅はかさを悔やんだ。『こちらから暴行の事実を認めましょう』などとアルベルト様に進言し、結果としてラグララの思い通りに事が運んでしまった。

声にならない声で唸る私を、アルベルト様は力強く諭す。

「悔やむな、レベッカ。自ら暴行の事実を認めたことは間違っていない。試薬が使われ、パティの指からラグララの血の痕跡が見つかった場合は、今よりまずい状況になっていただろう。まだ、パティが獣人であることが露見したわけではない。ここから立て直すんだ」

そうだ。ラグララはさっきから、声高に『獣人を火あぶりにせよ』と叫んでいるが、パティが獣人である証拠はどこにもない。

そんな私の思いを代弁するかのように、アルベルト様が声を上げる。

「異議あり！　先程から原告はパティのことを獣人だと決めつけているが、彼女は誠実で心優しい一人の人間だ！　私も、公爵家で働く使用人たちも、皆それを知っている！　裁判長、陪審員の皆さん、そして傍聴席の皆さん。どうか、原告の言葉に惑わされないでいただきたい！」

そのお言葉を聞きながら、開廷前にアルベルト様が厳しい顔で仰《おっしゃ》っていたことを私は思い出していた。

『パティの命を救うには、彼女は獣人ではないと法廷で偽りを述べなければならないだろう。本来、法廷で嘘をつくのは正義に反する罪深い行為だ。しかし、少しでも人を傷つけた獣人は弁明すらさせず、火あぶりで苦しめて殺すという法は間違っている。だから私は真の正義を貫くために、嘘という罪を背負ってでも最後まで戦うよ』

私もアルベルト様と共に、その罪を背負う覚悟だ。

明らかな正当防衛なのに、獣人というだけで理由を問わず虐殺するなんて、そんな差別は絶対におかしい。これは、真の正義のための戦いでもあるのだ。

法廷全体へのアルベルト様の呼びかけは、暗雲を切り裂く陽光のごとき眩さだったが、ラグララはまるでアルベルト様の言葉を待っていたように、薄ら笑いを浮かべた。

「ではハーヴィン公爵は、被告パティ・ソルルを汚らわしい獣人などではなく、れっきとした人間だと主張なさるのですね？」

「その通りだ。もっとも私は、獣人を汚らわしいとは思っていないがね」

「ふふ、よろしいのですか？　あなたがもしパティ・ソルルが獣人であることを知っていて、それでも彼女を人間と言い張るのであれば、これは偽証です。いくら公爵閣下とはいえ、中央裁判所で偽りを述べれば偽証罪に問われますよ？」

「二言はない。そちらこそ、法と正義を執行する中央裁判所において、人々の心を扇動するような卑しき振る舞いをもう少し控えたらどうだ」

「まあ怖い。そんなに睨まないでくださいませ、公爵様。せっかくのお美しいお顔が台無しですわよ。ふふふ」

そこでトントンと、やや大きく木槌が鳴らされた。

裁判長が議題をまとめるように言う。

「証人がいない以上、被告の暴行が不当な傷害行為であるか、それとも、原告から知人を守るための正当防衛であるかは判断の難しいところです。それゆえ本件の争点は被告パティ・ソルルが獣人であるか否かに移ったと考えるべきですな」

ラグララは裁判長に向きなおると、頷いた。

「仰《おっしゃ》る通りです、裁判長。そして我々原告側には、被告が獣人であることを立証する準備がすでにできています。ルーク、前に出て説明して」

「あっ、はい。その、えっとですね。僕は、ロッセント大学の薬学科の一年で……」

「あんたの自己紹介はもうやったでしょ。ぺらぺら余計なことを喋らずに、要点だけ説明するのよ。……せっかく私が温めたこの場の空気が冷めちゃうでしょ。とっととなさい、このグズ」

「すす、すみません。えっと、では簡潔に述べます。僕が作った試薬のひとつに、動物の身体活動を活発化させるものがあるんですけど、それを投与すれば半獣人と推定される被告の本能を刺激して、隠れている獣人の特徴を表に出させることができると思うんです、はい」

何ですって？　そんなことをされたら、いかなる弁護も無意味になってしまう。

私の動揺をそのまま具現化したように、傍聴席がどよめいた。

「へえ、そんなのあるのか」

「とりあえず使ってみたらいいんじゃないか？　このまま討論しててもらちが明かないし」

「ああ、薬を打って獣の耳が出れば獣人、出なければ人間、わかりやすい話だ」

傍聴人たちは、ラグララ側の主張に乗り気のようである。ラグララは『狙い通り』とでも言いたげに、満足そうにほほ笑む。

私は慌てて、ちらりとアルベルト様を見る。なんと、アルベルト様も慌てているようだった。しかしアルベルト様は一度深呼吸をすると、努めて冷静に抗議する。

「異議あり。彼は学生であり、その試薬は衛生局の認可がすんでいないものと推察できます。それどころか、十分な臨床試験がなされているかも怪しい。そんなものを投与すれば、パティの体に悪影響が出る可能性があります。こちらとしては到底容認できません」

もっともな意見だった。さすがはアルベルト様だ。少々動揺してもすぐさま毅然と反論する姿は、とても頼もしい。

アルベルト様の異議にたじろぎつつも、ルークは不満げに言葉を返す。ご自慢の試薬をまたしても『怪しい薬』扱いされて、相当憤慨しているようだ。

「た、た、確かに衛生局の認可はおりていませんが、それなりに臨床試験の数はこなしています。だ、だ、大体この試薬で獣人の正体を暴いた後はどうせ火あぶりになるんだ。ちょ、ちょ、ちょっとばかり体に悪影響が出たからって、なんだって言うんですか」

なんてことを言うの、この人。

私はルークを睨んだ。アルベルト様もまたルークを睨んでいる。ルークは怯んだのか、亀のように首をひっこめた。

アルベルト様は裁判長に向きなおり、今までより一段階大きな声を上げる。

「裁判長、今の言葉は看過できません。彼は薬学に携わる者でありながら、被験者の健康を軽視しています。そんな人間の作った試薬など、使っていいはずがありません」

「ふむ。確かにそうですな。まだ判決が出ていないのに『どうせ火あぶりになる』など、本法廷の審理を侮辱しているともとれる発言です」

やった。ルークの失言で、再びこちらに流れが傾いた。

ラグララがギロリとルークを睨み、聞き取れないほどの小声で何かを言う。私は読唇術などできないが、それでもラグララが言った言葉がわかった。

『余計なお喋りをするな』

きっと、そのようなことを言ったのだろう。ルークは震えあがり、先程ひっこめた首をさらに深くひっこめた。

そこで、ルークの代わりにラグララが前に出てくる。

「裁判長、陪審員の皆さま、傍聴席の皆さま、そして被告に対しても、今の不適切な発言を謝罪し、撤回させていただきます。しかし、ルークの試薬を使うことはどうか認めていただきたいのです。なぜなら、それ以外に真実を明らかにする方法はないからです」

ラグララは一度言葉を切ると裁判開始時のように右前腕部を露出させ、パティにつけられた傷を再び皆に見せつけた。目をそむけたくなるような生傷がてらてらと光り、傍聴席からぽつぽつと同情の声が漏れ出す。

「痛そう……」

「ひでぇ傷だな」

「女の子に噛まれたくらいで、あんな傷になるのか？」

私はラグララの腕の傷を見ているうちに、あることに気がついた。あの傷、さっきよりも開いてない？

そうか。ラグララが自分で傷を開いたのだ。法廷の全員に、獣人の危険性をアピールするために。

アルベルト様もそれに気づき、憎々しげに言う。

「あの女、恐ろしい奴だ。どうすれば他人の感情を揺さぶることができるかを熟知している。血と生傷がもたらす衝撃は、どんな理屈よりもすさまじい。このタイミングで今にも血が滴りそうな傷を見せつけ、一気に自分の主張を通すつもりだろう」

ラグララは思わず涙を誘うような情感のこもった声で、真実を明らかにする意義と、獣人の危険性を皆に語り続けている。

本当に、恐ろしい女だ。言っていることは口先だけの薄っぺらい言葉なのに、聞いているとラグララの悪辣さを知っている私ですら、彼女の主張が正しいような気がしてくる。

まさに魔性。人の心をたぶらかす、魔女の弁舌だった。

ラグララはひとしきり言いたいことを言いおえたのか、話をまとめに入る。

「ハーヴィン公爵の仰る《おっしゃ》通り、試薬によって体に悪影響が出る可能性はあると思います。しかし、心配はいりません。私は優れた魔法使いです。被告が体調を崩した場合は双方の立場をいったん忘れ、私が彼女を治療して差しあげましょう。それが、良心ある人の道理ですからね」

心ない悪魔の化身のような人間が『良心ある人の道理』だなんて、よくそんなことが言えるものだ。私は歯ぎしりしたが、法廷内の空気はじわじわとラグララを支持する方向に傾いていく。

まずい。裁判長はともかく、陪審員は一般市民の中から選ばれた人々だ。彼らの判断は、場の雰囲気に大きく左右されるだろう。

恐らく、陪審員のうち一人でも『治療ができるなら、試薬とやらを使ってもいいのでは？』と口にすれば、もうその流れを止めることはできないだろう。

ああ、この法廷の人たちがラグララの本性を知っていれば、こんなに簡単に彼女の思い通りにはならないのに。

初対面の人間を自分の思い通りに操るのは、ラグララの得意技だ。

見ず知らずの人間ばかりの法廷は、ラグララにとってまさに格好の舞台と言える。

悔しいっ。皆がラグララの邪悪な本性を知ってさえいれば、こんなことには……

……ちょっと待って。皆が知らないというのなら、教えてあげればいいのでは？　誰よりもラグララを知っている私なら、それができるはず。こんな当たり前のことに、今まで気づかなかったなんて。

大体、私はさっきから何を黙っているの？　昨日、パティに言ったじゃない。『私の命に代えても、あなたを助けてみせる』って。それなのに法廷に来て私は何をした？　アルベルト様に役にも立たない進言をしただけだ。

今こそ、パティとの約束を果たす時だ。

歪んだ笑みを浮かべて勝利を確信しているラグララを、私は睨んだ。

今のうちに笑っていなさい。絶対に、あなたの思い通りになんてさせないから。

そして私は、決意をこめて裁判長に向きなおった。

「裁判長！　発言の許可をいただきたく存じます！」

ずっと黙っていた小娘がいきなり大声を上げたことに、裁判長は少し面食らっていたが、「許可します」と言ってくれた。

私は頷き、一度深い息を吐いてから、語り始める。

「私は、レベッカ・スレイン。先程まで声高にスピーチをしていた、原告のラグララ・スレインの妹です。彼女とは、少し前までひとつ屋根の下で生活を共にしてきました」

私の発言に、傍聴席がざわつく。

「どういうことだ？」

「姉妹同士が裁判で争ってるのか？」

「妙な話だな、遺産相続でもめてるわけでもないだろうに」

傍聴人たちの言葉を聞きながら、私は話を続ける。

「だから、私は知っています。ラグララ・スレインが、どれだけ悪辣な人物かを。ラグララは、試薬によってパティの体に悪影響が出た場合は治療を行うと言いましたが、信頼できません。彼女なら治癒魔法に見せかけた呪いをかけ、パティを殺すことすらありえると思っています」

ラグララは一瞬不愉快そうに眉をひそめたが、すぐに余裕の笑みに戻る。

「馬鹿なことを。裁判長、何の根拠もない妄言です。即刻彼女の発言を……」

私は、そんなラグララの言葉にかぶせるように、ひときわ大きな声を出す。

「皆さんは、ミア・ルコという女性をご存じですか？」

言葉を発する者は誰もいない。当然だろう。この法廷に集まった人々が、ミアさんを知るはずがない。しかし、その反応で十分だった。

『誰それを知っていますか？』と問われて、誰もその名を知らなければ、なぜその人物の名を法廷で出したのか、続きを聞かざるをえなくなる。

今はとにかく、発言の許可を取り消される前に核心まで話すことが私の戦いだった。与えられた短い時間の中で、ラグララが信頼するに値しない人間であることを証明するのだ。

私は短く息継ぎして、少し早口で言葉を続ける。

「ミア・ルコはかつて、ラグララの友人でした。それが、些細なことでラグララの不興を買い、徹

底的に虐《いじ》められ、自ら命を断とうとするまでに追いこまれたのです。幸い自殺は未遂に終わりましたが、彼女は精神を病み、今でも家の外に出ることができないそうです。しかもこの事件は、裁判で審理されてもいません」

ラグララは、今度は『何の根拠もない妄言』とは言わなかった。ミアさんの哀れな話は、私の住んでいた町ではそれなりに有名だからだ。

しかし、彼女を絶望の淵に追いこんだのがラグララだと知る者は少ない。

だからここでラグララが『でまかせだ』と反論し、そのせいでこの件を詳しく調べられたら、困るのはラグララのほうだ。賢いラグララはそれを理解している。だから、慌てて私の発言を停止させようとした。

「裁判長！　今の話は本件とはまったく関係のないことであり、完全なる人格攻撃です。彼女の発言をやめさせてください！」

「異議あり！　ラグララ・スレインは先程、『良心ある人の道理』と言いました。今私が述べたことはまさしく、彼女自身の魂に本当に良心が存在するどうかを示す、重要な根拠です！　決して本件と無関係ではないと考えます！」

ラグララは、私に向かって牙をむく。

その顔は、狂暴な猛獣を思わせた。

「このガキっ！　いい加減に黙りなさいよっ！　私と比べたら、何の能力もないくせにっ！　とっくの昔に終わった話をゴチャゴチャ吐き出してるんじゃないわよ！」

思わず本性をむき出しにしたラグララの姿に、法廷全体が静まり返った。ラグララは『しまった』と言うように舌打ちして黙る。

農場での一件もそうだが、ラグララはとにかく激昂しやすい。それでも反論してきたのが私でなければ、衆目の前でこれほど感情を乱すことはなかっただろう。

家族なんて一度も思ったことのない妹。

昨日まで、名前さえ忘れていた妹。

『私と比べたら、何の能力もない』妹。

そんな私に好き放題に言われ、ラグララのプライドが大きく傷ついたのだ。ラグララが黙り、私も黙ったことで、法廷は静寂に包まれた。

その静けさを打ち破ったのは、裁判長だった。

「ラグララさん。一口に裁判と言っても、国によっていろいろな考え方があるのをご存じですか？」

それは、思ってもいなかった質問だった。

ラグララは『何で今そんなことを聞くの？』とでも言いたげに首をひねった。

裁判長は静かに話を続けていく。

「一般的に考えるなら、今あなたが主張したように、ミアさんのお話は本件とは直接関係ないことです。レベッカさんの発言は、あなたへの人格攻撃とみなして却下すべきでしょう」

ラグララの顔がニチャリと歪んだ。

万事休す。私は、神様に祈るような気持ちだった。

「しかし、先程のお話を聞いて、レベッカさんの仰《おつしや》る通り、あなたの良心を測るためには決して無視できない内容だと私は判断しました。……あなたはこう言いましたよね？　『とっくの昔に終わった話』と。それはつまり、昔ミアさんに惨《むご》い仕打ちをしたのは、事実ということなのですかな？」

ラグララは緩めた表情を一気に硬くして、黙った。

「それにレベッカさんは、ミアさんの事件は裁判で審理されてもいないと言いました。これは由々しき問題です。近年は、いじめが社会問題化している。国王陛下も大変胸を痛めておいでで、少し前に悪質ないじめに対しては厳罰を科すと御触れを出されました」

「…………」

「あなたは『とっくの昔に終わった話』と言いましたが、捜査も審理もされてない以上、何も終わっていないのですよ。この国では、過去の事件でも遡って判決を下すことが認められていますからね。さあ、答えてください。あなたは本当にミアさんが自殺を考えるまでに、追い詰めたのですかな？」

厳しい追及だった。

その言葉には、かすかな怒りのようなものすら感じられる。裁判長はきっと法の番人として、自分の過去の行いを軽視するラグララの姿に、思うところがあるのだろう。

いや、あるいは厳粛なる法廷をまるで自分のもののように扱い、声を張り上げて演説するラグララの姿に、最初から違和感と不快感を覚えていたのかもしれない。

ラグララは額から脂汗を流していた。

ミアさんへの仕打ちを認めれば、ラグララ自身が述べた『良心ある人の道理』はまったく信頼に足らないものだということになるし、その上自分自身の犯した罪に対する罰を受けなければならなくなる。

かといって、認めることを拒んでも、この雰囲気ではミアさんの自殺未遂事件の調査はお流れにならないだろう。

ラグララはまるで使い捨ての玩具のように、飽きた友人たちを見捨てる。その見捨てられた友人たちに証言を求めれば、ラグララの罪を立証できるはずだ。

完全なる袋小路。恐らくラグララにとって、人生最大のピンチに違いない。しかし、自業自得だ。かつてミアさんにした非道な仕打ちが、巡り巡って自分に返ってきたのだ。

おこがましいかもしれないが、私は何だかミアさんの無念を少しでも晴らすことができたような気がして、嬉しかった。

裁判長は、黙ってしまったラグララに畳みかける。

「どうなんですか、ラグララさん。答え……」

「……うるせーよ」

「はっ？」

「ごちゃごちゃうるさいっつってんだよ、ジジイ！　この私に偉そうに命令するんじゃないわよっ！」

それはまさに、音の波動だった。ラグララの怒声が空気を大きく震わせている。頑丈なはずの中央裁判所の床が揺れているように感じるほどの、悪魔的な叫び。

「私が過去に何してようが、この裁判とは関係ないでしょ!! 何で私の話になってるのよ!? 意味わかんないっ!! 裁判長のくせに被告の肩を持ってるんじゃないわよっ! 法の下の平等はどうしたのよっ!?」

床が揺れているのは、気のせいではなかった。

怒りのせいで、自分自身の強大な魔力を抑えられなくなったのか、ラグララの足元が発光して地割れが起こっている。このまま好きにさせていたら、この建物が崩落するのではないかと思うほど激烈な振動だ。

「あんたたちがどう思おうが、そっちの小娘は獣人なんだよ! この薬を打ちこめば、一発で正体を現すんだからっ! それなのに、面倒くさいこと聞いてくるんじゃないわよっ!! 時間の無駄なんだよ!! クソッ! クソッ! 私の時間とあんたたちの時間じゃ価値が違うんだよっ!!」

もはやこの法廷に、ラグララ以外に言葉を発する者はいなかった。お喋り好きの傍聴人たちも、ただただ唖然として、口を開けたままラグララを眺めている。

私は小さく息を吐いた。恐らくこれで、ラグララの主張が認められることはなくなる。裁判中に理性を失い、これだけの暴言を吐き散らかす人間の言うことを、誰も信じるはずがない。

ひとしきり言いたいことを言い終えたのか、ラグララがピタリと黙る。それから彼女は大きく深呼吸して、つい先程までとは打って変わった落ち着いた声を出した。

「おほほ、ごめんあそばせ。裁判長のおじいさまがあんまり意地悪を仰《おっしゃ》るものだから、つい興奮してしまいましたわ」

今さらエレガントに取りつくろおうが、もう遅い。それがわからないほど、ラグララも愚かではないはずだ。だがラグララは、意外にも平然とした様子で語りだした。

「はぁー、まあいいわ。ニア・ルカだかアミ・レコだか知らないけど、惨めな女が勝手にくたばろうとした事件なんて、好きに調べて判決でも何でも下せば？　厳罰っていったって、私は未成年よ。せいぜいが罰金刑でおしまいでしょ？　それくらい払ってやるわ、癪《しゃく》だけどね」

身の毛もよだつ発言だった。

この女は、自分が追い詰めた友達の名前をまともに覚えてもいない。この女の頭の中は自分のことだけ。あまりの醜悪さに眩暈《めまい》がした。

「さあ、裁判を続けましょ。ええっと、何だったっけ？　そうそう、この薬を打ちこめばあの小娘の正体がわかるって話よ。ほら、いい加減に認めてよ。ちゃっちゃとあの子を火あぶりにして、苦しみもがく姿が見たいんだから」

皆黙っていた。裁判長も、陪審員たちも、傍聴人たちも。

冬の荒野のような冷ややかで乾いた空気の中、ラグララ一人だけが、陽気にケラケラと笑っている。

「あはっ、あははっ！　すっかり嫌われちゃったみたいねぇ！　でも、別に構わないわ。あんたたちみたいなクソに好かれるためにここまでやってきたわけじゃないから」

そこで一度言葉を切り、ラグララはドロリとした暗い双眸《そうぼう》でパティを見た。

「私はね、私の完璧なる体とプライドに傷をつけた奴を絶対に許さない。もう、裁判だの証拠だの、面倒だわ。今すぐ、あんたの汚らわしい正体を暴いてあげる」

そしてラグララは、パティを指さす。次の瞬間だった。ラグララの人差し指から閃光が走り、パティを直撃する。

「あぐぅっ⁉」

鋭い悲鳴と共に、パティがうずくまった。

「パティ！」

私は慌ててパティに駆け寄りその体を起こそうとしたが、肩に触れた瞬間、腕に電流が流れ、後方に吹っ飛ばされてしまった。壁に背中と後頭部を打ちつけ、大きくせきこんでしまう。

「げほっ！　ごほっ！」

ラグララの嘲笑が聞こえる。本当に楽しそうな、嫌な嗤《わら》いだった。

「あははっ、友達想いのレベッカちゃん、かわいそ～。くふっ、くふふっ。今、その子に触んないほうがいいわよ。触れるもの皆吹っ飛ばす、人間地雷みたいになってるから。あっ、これ、ちょっと言うのが遅かったかな～」

意識が朦朧《もうろう》とする私の代わりに、アルベルト様が厳しい声で問う。

「貴様、何のつもりだ⁉　法廷でこんなことをして、許されると思っているのか⁉」

「別に思っちゃいませんよ、公爵様。罰なら後でちゃんと受けます。後でね。今はそんなことより、そっちの小娘の正体を皆さんに教えてあげたいんですよ」

ラグララは法廷をぐるりと見渡して、言葉を続ける。

「皆さ〜ん。今、あの子に私の魔法で強烈な負荷をかけてま〜す。そのままにしておけば、三分で全身の骨がバラバラになるくらいの、きっついやつで〜す。……ここまで言えば、頭の鈍いあなたたちでも、私が何をしようとしているのか、わかるわよね？」

私には、ラグララのやろうとしていることがわかった。

パティを拷問することで生命の危機に対する防衛本能を呼び起こし、無理やり獣人の姿を引き出そうとしているのだ。

まずい。どんなに意志の力でこらえようとしても、自分の命を守ろうとする本能を抑えることなどできるはずがない。

法廷内の警備員たちがラグララを取り押さえようとするが、ラグララのひと睨みで足を石に変えられ、動けなくなってしまった。

魔法の天才であるラグララを無力化するためには、それこそ王室直属の宮廷魔導師でも連れてこなければ不可能だろう。そして、宮廷魔導師が大急ぎで駆けつけたとしても、三分経つ前にここまで来られるとは思えなかった。

ああ、なんてこと。ラグララが拘束されても、パティが獣人であることが露見してしまったら、『人を傷つけた獣人は火あぶり』という法に則り、パティは死罪になってしまう。

それなのに私は、パティに触れることもできない。自分の無力さに涙が出てくる……

しかし、そこで私は気がついた。ラグララがパティに魔法をかけてからもう二分は経っているのに、パティの体には何の変化もない。

パティは歯を食いしばり、鬼気迫る表情でひたすら地面を睨んでいた。

信じられない。体がバラバラになりそうな苦痛を味わっているはずなのに、パティは強い意志で自分の本能を抑えているのだ。

……それはきっと、自分のためじゃない。私にはわかる。パティは、私とアルベルト様のために耐えているのだ。

ここでパティが獣人だとわかったら、弁護していた私とアルベルト様は偽証罪に問われる。だからパティは必死に耐えて、耐えて、耐え抜いているのだ。

この子が必死になるのは、いつだって他人のためだ。ラグララに立ち向かったのも、私のためだった。なんて清らかで、優しい魂の持ち主だろう。

パティと比べたら、自分のしでかした悪行を突っつかれてヒステリックに喚《わめ》きたてるラグララの姿は、人ですらない、おぞましい怪物そのものだ。

私はパティの苦痛が少しでも楽になるように、治癒魔法をかけ続けた。

パティはとても言葉を発せる状態ではなかったが、それでも私を見て、少しだけほほ笑んだように思えた。

そして、ラグララが魔法をかけてから実に六分後。裁判所から要請を受けた宮廷魔導師が三人やってきて、ラグララを拘束した。

さすがのラグララも、国で最高峰の魔法使いである宮廷魔導師が三人がかりではどうしようもない。魔法を封じられ、地面に膝をつかされた。

パティは『三分で全身の骨がバラバラになる』と言われた魔法を、その倍の時間受けていたのに、とうとう最後まで獣人の本能を表に出すことはなかった。

ラグララが、うわごとのように言う。

「何でよ……？　何で、獣人の耳が出ないの……？　おかしいわ、ねえ、こんなのおかしい……。あっ、そうだわ。宮廷魔導師なら、もっとやばい魔法で拷問することができるでしょ？　あんたたち、ちょっとやってみせてよ。そうすれば、あのガキ、今度こそ正体を……」

どういう神経をしているのか、ラグララは自分を拘束する宮廷魔導師たちにパティへの拷問を依頼している。そのあまりにも醜い姿をアルベルト様が一喝した。

「いい加減にしろ、汚らわしい！　もう口を開くな！」

そして、アルベルト様は裁判長に向きなおる。

「裁判長、これで結論が出たのではないでしょうか？　パティが獣人であったのなら、あれだけの拷問をされて防衛本能を抑えられるはずがありません」

裁判長は、深く頷く。

陪審員たちも、お互いの顔を見合わせて頷きあっていた。

「その通りですな。それに、先程からの原告の常軌を逸した言動を見ていれば、被告人の行動は正当防衛だったと推察できます。……陪審員の皆さんも、どうやら私と同じ意見のようです。では、判決を言い渡しましょう。パティさんを治療してあげなければいけませんからな」

そう言うと裁判長は正面を向き、大きな声で宣言する。

「被告、パティ・ソルルを無罪とする！」

判決を聞き、審理中はああだこうだと言い合っていた傍聴人たちが拍手をした。……ちょっと調子がよすぎると思ったが、ラグララの非道な振る舞いを見て、皆パティに肩入れしてくれたのだろうし、ここは素直に喜んでおこう。

だが、ただ一人。

ラグララだけが異議の罵声を浴びせる。

「ふざけんなっ！『正当防衛だったと推察できます』って何よっ！　そりゃまた別の話でしょうがっ！」

「口を慎みなさい、ここは法廷ですよ。先程から何です、あなたの言葉遣いは。あなたのその振る舞いがこの結果を招いたと、まだわからないのですか？」

「はぁ!?　この私に説教たれようっての？　裁判長だか何だか知らないけど、うるさいわよ、このクソジジイっ！」

「いやはや、私も仕事柄、何人も凶悪犯を見てきましたが、この若さでこれほどの悪口雑言を並べ立てる娘は初めてですな……」

呆れる裁判長と、吠え続けるラグララ。そんな中、アルベルト様が挙手する。

「裁判長、お願いがあります」

「何でしょう？」

「正義と公正を示す場であるこの法廷を、五分間だけ、お借りしたい」

「何のために？」

「ラグララ・スレインは、我がハーヴィン公爵領に住まう人間です。彼女に、領主としてひとつの処罰を下したいのです」

「ほう……」

「私は我が領内に暮らす人々に対し、慈愛を持って接するべきだと常々考えています。しかし今日、彼女の悪辣な振る舞いを見て気づきました。『慈愛』という名の『甘やかし』により、このような人間を野放しにしておいたせいで、ミア・ルコは苦しんだのかもしれないと」

「ふむ」

そこで裁判長は、アルベルト様の意思を汲みとったのか、両手の指を組み合わせ、二回、小さく頷いた。それから、静かに言う。

「わかりました。今から五分間、この法廷はあなたのものです。私は黙りましょう」

「感謝します、裁判長」

アルベルト様は裁判長に恭《うやうや》しくお辞儀をすると、ラグララに向きなおる。普段とはまったく違う、苛烈な眼差しだ。アルベルト様の深い怒りが、こちらにまで伝わってくるようだった。

そしてアルベルト様は、ゆっくりと断罪の言葉を述べる。

「ラグララ・スレイン。お前の邪悪な言動と所業は、とても人の心を持つものとは思えぬ。お前は、我が領内に住むに値しない。今、この時をもって、お前をハーヴィン公爵領から永久に追放する。命ある限り、決して入領は許さん」

ラグララは口を開けたまま固まった。まばたきすら忘れたようで、微動だにしなかった。

その姿は、まるで置物のようだった。しかし、ラグララが物言わぬ置物だったのは、十秒間だけであり、すぐにこれまで以上の剣幕で怒声を上げた。

「ふっ、ふっ、ふっざけんなっ!! 私の住むところは、私が決めるのよっ!! たかが公爵ふぜいが、偉そうな口を叩くな!! あんた、私が誰だか知らないの!? 私はねえ、あのサイラス・スレインの娘なのよっ!?」

その言葉を聞いて、傍聴席がざわついた。裁判長も陪審員もアルベルト様も、驚いた顔をしている。私の父親サイラス・スレインとは、それほど有名な人なのだろうか。

ラグララを拘束していた宮廷魔導師の一人が、憤然とした様子で言う。

「おい、貴様。口を慎め。今は亡きサイラス・スレイン様は幼かった国王陛下に直接魔法の指導をし、その後も何かと意見を求められ、『影の宰相』とまで呼ばれたお方だ。苦し紛れの戯言《たわごと》でも、言っていいことと悪いことがある」

ラグララは、ニチャリと笑った。

「へえ、あんた、良くお勉強してるじゃない。その通り、影の宰相サイラス・スレイン、それが私の父親よ。戯言《たわごと》なんかじゃない。調べればすぐにわかるわ。国王は、サイラスの遺族を今でも気にかけているはずよ。だから私が陳情すれば、公爵の判断なんてひっくり返すことが……」

アルベルト様は小さくため息を漏らし、ラグララの言葉を遮った。

「サイラス殿が立派な方であったことは、存じている。国王陛下がお亡くなりになられたサイラス殿の遺族を心配し、特別に目をかけられていることも知っている。しかし、それはお前が犯した罪とは何の関係もないことだ」

迷いのない、厳しい言葉だった。ラグララは父であるサイラス・スレインの名前を出せば、アルベルト様がたじろぐと思っていたのだろう。予想外の反応に、怒りで顔を赤くしていたラグララが初めて青ざめ、不明瞭な呻《うめ》きを漏らす。

「ぬ、が、ぐ……」

「それに、国王陛下はまだお若いが物事の道理を判断できぬお方ではない。お前がサイラス殿の娘でも、間違った行いに対しては正当な裁きを下される。陳情したいなら好きにすればいいが、絶対にお前の思う通りにはならんだろう」

青ざめていたラグララの顔が、再び怒りで赤黒く染まっていく。造形だけは美しい鼻と口が大きく歪み、牙のごとき八重歯が不気味に光る。

まさに悪鬼の形相だ。傍聴席からかすかに怯えの悲鳴が聞こえてくる。ラグララの近くにいたルークは腰を抜かし、尻もちをついてしまった。だがアルベルト様はひるまない。これで最後とばかりに、つぶてのような言葉をラグララに投げかける。

「恥を知れ、ラグララ・スレイン。浅ましい言動によってお前は自分だけでなく、偉大な人物であったお父上の名をも汚したのだ。厚顔無恥とは、お前のためにあるような言葉だ。お前の顔は、もう二度と見たくない」

その言葉がラグララの中の『何か』を破壊した。ラグララは、自身を押さえている宮廷魔導師たちを跳ね飛ばすようにして体を起こした。

人間は心の底から我を忘れると脳のリミッターが外れ、凄まじい力が出るというが、これがそうなのかもしれない。

「ざっけんなぁっ!!　こいつ、噛み殺してやるっ!!」

耳に響く金切り声は、とても人間が発したものとは思えなかった。ラグララは這うような姿勢のままもの凄い速さでアルベルト様に迫る。宮廷魔導師たちの力で魔法が封じられているので、アルベルト様に噛みつく気なのだろう。

昨日から散々、獣人のことを『汚らわしい』と嘲ったラグララだったが、床に這いつくばって歯をむき出しにしている今のラグララの姿こそ、彼女の見下すケダモノ——いや、地を這う害虫同然だった。

私はアルベルト様を守るように、ラグララとアルベルト様の間に立つ。

そして、アルベルト様に教わった魔法の盾を具現化する。とても硬いが、握りこぶしひとつ分程度の、小さな盾。こんなちっぽけな盾では、剣の攻撃も槍の攻撃も防げないだろう。

でも、今はこれで十分だった。ラグララは魔力だけではなく、運動能力も高い。その高い運動能力で、思いっきり突進してきた彼女の頰に、いきなり出現した魔法の盾が激突する。その衝撃はハンマーで殴られるのに匹敵したはずだ。

ゴォンというもの凄い音が法廷に鳴り響く。ラグララは短く「ぐぇ」と呻《うめ》くと倒れた。もう、立ち上がることはできそうにない。どうやら、軽い脳震盪《のうしんとう》を起こしているようだ。

ラグララは床をのたうち回りながら、うわごとを漏らす。

「何でぇ……何で私が……完璧な私が、レベッカなんかにぃ……」

かさかさと手足を揺するその姿は、本当に潰された害虫に見えた。

ラグララはさらに言葉を続けようとしたが、盾と衝突した際に口の中が切れ、上手く喋れないのか、あとはただひたすらに「うー、うー」と呻《うめ》き声を上げるだけだった。

私は、ラグララを見下ろしながら言う。

「ずっと不思議だった。誰よりも優秀なあなたが、些細なことで激昂し、自分を不快にさせた相手を徹底的に痛めつけることが。多才で美人で、心にも余裕があるはずなのに、どうしてあんな酷いことをするんだろうって、いつも思ってた。でも今なら何となく、その理由がわかる」

「うぅ……ううぅ……」

「あなたは、自分を完璧だと妄信するあまり、自分のプライドにつけられたほんの小さな傷だって許せないのね。だから自分を傷つけた者を社会的に抹消することで、傷そのものをなかったことにしようとする。まるで、自分が完璧でなくなることを恐れているみたいに」

「うー……ううぅー……」

「なんて幼稚な人。完璧な人間なんて、どこにもいないのよ。皆それをわかってる。わかった上で、それでも一生懸命生きている。でもあなたは『自分は完璧だ』っていう幼稚な妄想から、いつまでたっても抜け出せなかった。あなたみたいな人のせいで、ミアさんもパティも傷ついた。今度はあなたが傷つき、罪を償う番よ」

「うぅぅぅっ……」

ラグララは、再び宮廷魔導師たちに拘束される。もう二度と凶行に走ることがないように、手も足も魔法でガッチリと固められてしまった。ラグララはもう、指一本だって自由に動かすことができない。その姿は、彼女の今後の人生を暗示しているかのようだった。

◆

裁判が終わり、私、アルベルト様、パティは馬車に揺られ、帰路についている。ラグララの魔法のせいで著しく体力を消耗したパティだが、驚くべきことに骨は一本も折れていなかった。

私の隣に座るパティが、やや掠《かす》れた声で話し出す。

「レベッカが治癒魔法をかけ続けてくれたおかげっす。あれがなかったら、宮廷魔導師の人たちが来てくれるまで、とても持たなかったと思うっす」

まだまだ半人前の治癒魔法だが、それでもパティの助けになったのなら、一生懸命に練習した甲斐があるというものだ。私は、小さく頷く。

「ほんの少しでもあなたの苦痛を和らげることができたなら、良かったわ」

「ほんの少しなんてもんじゃないっす。あの怖いお姉さんの魔法より、レベッカの魔法のほうがずっと凄いっす。なんたって、レベッカの優しい気持ちがこもってるっすからね」

パティはニッコリと笑う。

それから、私とアルベルト様を順番に見て頭を下げた。

「公爵様、レベッカ。今日は本当に、ありがとうございましたっす。二人を信じてたけど、それでも自分、今日は死ぬかもしれないと覚悟してたっす。なのにこうして、馬車に乗ってお屋敷に帰ることができて、自分生き返ったみたいな気持ちで……」

お礼を言いながら、パティはふらふらと頭を左右に揺すり、すっと目を閉じた。そのまま私の膝の上に倒れこむと穏やかな寝息を立て始める。気を失った……というより、疲労が限界に達して起きていることができなくなったという感じだった。

アルベルト様がほほ笑みを浮かべて言う。

「すべてが終わり、張り詰めていた緊張が解けたことで、急激に睡魔が襲ってきたのだろう。レベッカ、お前さえよければこのまま膝の上で、パティを眠らせてやってほしい」

私もほほ笑んで、パティの頭を撫でながら言う。

「もちろんです」

それにしても、大変な一日だった。

瞳を閉じて一度深呼吸すると、万感の思いがこみあげてくる。

私はふと、気になったことをアルベルト様に尋ねた。

「あの、アルベルト様。ラグララの罪は、どれくらいのものになるのでしょうか？」

アルベルト様はご自身の顎に手をやり、しばし考える。

「そうだな……私に噛みつこうとした際、ハッキリ『噛み殺してやる』と述べていたから、殺意が認定されて殺人未遂になることは間違いない。それに、審理中の度重なる暴言により、法廷侮辱罪もつくだろう。誰の同意も得ずパティに危険な魔法を使ったことは明白な傷害罪であるし、ミア・ルコの件も、まだ片付いていない」

そこまで言って、アルベルト様は呆れたようにため息を漏らした。

「なんという女だ。ちょっと数えただけで、これだけの罪がある。詳しく調べれば、表沙汰になっていない罪が山のように露見するのではないだろうか。それらすべてに罰が下るなら、相当に長い間、刑務所暮らしをしなければならなくなるはずだ」

「そうですか……」

何事にも完璧を求め、豪勢な暮らしが生きがいであったラグララ。そんな彼女にとって、贅沢などできるはずもない刑務所で、他の受刑者と過酷な共同生活を送るのはどんな拷問よりも苦しく、彼女のプライドを徹底的に破壊するだろう。

しかし、すべてはラグララ自身の悪辣な行動が招いたことだ。刑務所での暮らしを通してそれに気がつき、少しは反省してくれるといいんだけど。

「そして、ラグララの中央裁判所での異常な言動は、傍聴人たちによって国中の語り草となるだろう。王都の人々は噂好きで、なおかつ一度広まった噂をそう簡単には忘れない。いつの日か刑務所を出たところで、もはやラグララはこの国で生きていくことはできんだろうな」

アルベルト様はそう言ってラグララの話を締めくくると、私に向きなおる。

「ところで、レベッカ。ラグララが喚《わめ》いていたが、お前たちのお父上が元宮廷魔導師のサイラス・スレイン殿というのは、本当の話なのか？」

私は、黙った。答えたくないわけではなく、もったいをつけているわけでもない。……私には答えられない質問だから、黙るしかなかったのだ。

しかし、アルベルト様に問われて、いつまでも口をつぐんでいるわけにもいかない。私は正直に、自分の気持ちを吐露する。

「……お恥ずかしいことですが、私にはわからないんです。私、父のことを、ほとんど知りませんから。父の名前さえも、今日初めて知りました」

父親の名を今日初めて知ったという私に、さすがにアルベルト様は奇異の目を向けた。当然だろう。どんなに家族関係が希薄な親子でも、親の名前を知らないなんてことは普通はありえない。

だが、本当のことだ。母ヨーレリーは、私にはなるべく父のことを教えたくないようだった。一度、父の写真を見ていたところをヨーレリーに見つかった時は、もの凄い剣幕で『お前があの人の顔を見るな！』と怒鳴られた。

今となっては自分の卑屈さに腹が立つが、当時の私はヨーレリーの機嫌を損ねたくなかったので、それ以上父のことを知ろうとしなかった。

それどころか意識的に、自分の心から父の情報を除外していた。そうすることで少しでも、ヨーレリーが自分を愛してくれるかもしれないと思って……

私は、それらの事柄を包み隠さずアルベルト様にお話しした。

アルベルト様は小さく息を吐き、首を左右に振った。

「娘に、父親の写真を見ることすら許さんとは、何とも奇妙な話だ」

「はい。なので私は、父についてほとんど何も知らないんです。私が知ってることと言ったら、父が国の要職についていたことと、私が幼い頃に病死したことくらいしか……」

「病死？　それは、確かなのか？」

意外なところにアルベルト様が食いついてきたので、私は少しきょとんとしながら、「は、はい」と答えた。かつて、母に父の死因を聞いたら、珍しく無視をされずに『あの人は病気で死んだのよ』と言われたので、一応確かなはずである。

「そうか。病でお亡くなりになったのなら、ラグララの発言は出まかせで、お前のお父上はサイラス殿ではないのだろう。『スレイン』はこの国で一、二を争うほど多い名だ。ラグララは同じ『スレイン』という名から、自分はサイラス殿の娘だという妄想を抱いていたのかもな」

確かにアルベルト様の仰《おっしゃ》る通り、この国には『スレイン』という名の人が山ほどいる。私の実家の近くにもダニエル・スレインという人が住んでいるし、アルベルト様のお屋敷にも使用人のジョン・スレインさんがいる。

しかし、私の父が病死だったから、私とラグララがサイラスさんの娘ではないということになるのは、なぜだろう？　私は気になって、そのまま尋ねた。

「あの、アルベルト様。どうして病死だったら、サイラスさんが私の父親じゃないということになるのでしょうか？」

アルベルト様は眉間に軽くしわをよせ、少し深刻そうに言った。

「サイラス殿は、何者かに刺殺されたからだ」

## レベッカの母・ヨーレリー Side

ラグララが王都の中央裁判所で問題を起こし、そのまま収監された。

……私は、それほど驚いていなかった。レベッカと対立したリズが捕まった時から、こういう日が来ることを薄々予想していたからだ。

だが、驚いてないからといって、ショックを受けていないわけではない。

信じられない。夫も、可愛い娘たちも、すべて奪われた。間違いない。あいつは、最後に私を殺しに来る。あいつの呪いがとうとう喉元まで迫った戦慄で、全身が震えだす。

私は掠《かす》れた声で、今は亡き夫の名を呼んでいた。

「ああっ……助けて、サイラス。あいつが虐《いじ》めるの。私を虐《いじ》めるのよ……」

愛しい夫——サイラス・スレイン。この醜悪な世界で、私がただ一人愛した人。誰よりも純粋で、清らかな心を持った人。だがサイラスは、私の呼びかけに答えはしない。

だから私は、一人で喋り続けるしかなかった。

「あいつって、誰かって？　ディアンヌよ！　レベッカはディアンヌの生まれ変わりなのよ！　あなたも知ってるでしょ⁉　あいつ、今でも私を恨んでるのよ！　謝ったのに！　ずっと謝ってるのに！　あいつ、私を許してくれないの……」

私は家族が一人もいなくなった広いリビングで、何もない空間に叫び続ける。

「いい加減にしてよ、ディアンヌ！　見てよ、私のこの痩《や》せこけた腕を！　今じゃもう、包丁すら重たく感じるほどよ！　もう十分私を苦しめたでしょ⁉　そろそろ許してよ！」

ディアンヌは何も答えない。サイラスも何も答えない。

でも聞こえる。私には聞こえる。ディアンヌの声が聞こえる。私はもう、まともじゃないのだろうか。もっとも私の人生は、最初から『まとも』ではなかったが。

「えっ？　駄目？　許さない？　絶対に許さないって？　ああそう。わかったわよ。こっちが下手に出るから、調子に乗るのね。ふざけるな！　私がいつもあんたに謝ると思ったら大間違いよ！この世から消し去ってやる！　これ以上私にしがみつくな！」

広い家。乾いた空気。私の声だけが、馬鹿みたいに反響していた――

# 第六章　ままごとの家族

早いもので、裁判から一ヶ月が経過した。

夏もそろそろ終盤であり、早朝や夕方には、秋の訪れを感じさせる涼風が庭園に吹きこんでくることもあるが、それでもまだまだ日中は暑い。私は掃き掃除の手を休め、額の汗を軽く拭う。

そんな私に、パティが声をかけてくる。

「レベッカ。メイド長が、庭の掃き掃除は日差しが弱くなってからでいいって言ってたっすよ」

私はほほ笑みながら、言葉を返す。

「でも私、お日様に照らされながら掃き掃除をするの、好きなの。日の光から元気が貰えるような気がして……」

そこまで言って気がついた。パティが少し難しい顔をしていることに。それによく考えたら、パティは今の時間は正門で仕事をしているはずだ。なのにわざわざ庭に来るなんて。もしかして、私に何か用なのだろうか？

私は首を傾げて、問いかける。

「あの、パティ。何か用事？」

パティは黙った。不思議な沈黙だった。用があるならすぐに言うはずだし、用がないなら否定するだけのことだから、黙りこむ必要はない。私はますます首を傾げてしまう。そして数秒沈黙が続いた後、パティは意を決したように口を開いた。

「実は、レベッカにお客さんが来てるっす」

「私に？」

誰だろう？　このお屋敷にまでわざわざ私を訪ねてくる人なんて、ちょっと思いつかない。パティは小さく息を吐いて、話を続ける。

「自分、レベッカが実家のお母さんと仲が悪いのを知ってるっすから、適当な理由を言って帰ってもらおうとしたんすけど、『これで最後だから、娘に会わせて』ってあまりに必死だから、一応レベッカに取り次ぐことだけはしなきゃいけないと思ったっす。あの、どうするっすか？」

私はゴクリと唾を飲み、尋ねる。

「もしかして、私を訪ねてきた人って……」

「そうっす。レベッカのお母さんっす」

◆

パティに案内されて、私は使用人たちの利用する休憩室に向かった。今、他の使用人たちは皆仕事中なので、その休憩室でヨーレリーを待たせているらしい。

ヨーレリーが何の目的で私に会いに来たのかはわからないが、私にはもはや彼女と話すことなどない。『もう二度と訪ねてこないで』と、ハッキリ言うつもりだ。

「レベッカ。自分も同席するっすか？」

パティはそう言ってくれたが、私は首を左右に振る。

ヨーレリーと決別するのに、誰かの力を借りてはいけないような気がしたからだ。パティは私の意思を汲みとったのか小さく頷くと、「気をつけるっす」とだけ言って下がっていった。

そして、休憩室の扉を開ける。

茶褐色のソファに彼女は腰かけていた。

ヨーレリー・スレイン。私の実母である。

……緊張で喉が鳴った。同時に、驚きのあまりその場に立ちすくむ。ヨーレリーの顔が、随分とやつれていたのだ。

以前は実年齢よりも若く見え、あのラグララに勝るとも劣らない美貌が輝いていたものだが、今は見る影もない。髪は乱れ、頬はこけ、目の下にはうっすらとクマまで見える。

ヨーレリーは疲れた顔で私を見て、ほほ笑みを浮かべた。

「久しぶりね、レベッカ」

それは、私を疎み続けたヨーレリーが初めて見せたほほ笑みだった。かつての私なら、その小さな笑顔だけでどれほど感激したことだろう。

しかし、すべては過ぎたこと。私はもう、昔の私じゃない。こちらからはほほ笑みを返すこともなく、事務的に言う。

「何か、御用ですか？」

ヨーレリーは、張りついたようなほほ笑みのまま、言う。

「あなたも座ったら？」

「いえ、長話をするつもりはありませんから。何より、仕事の途中ですし」

「そう」

そこで、しばしの沈黙が訪れる。静寂を打ち破ったのはヨーレリーだった。

「私、あの家を売却してどこか遠くに引っ越そうと思うのよ。リズもラグララもいなくなってしまったからね。わかるでしょ？　あの家は一人で住むには広すぎるのよ……」

「………」

「それで今、家具とか、服とか、食器とか、まあいろいろと処分してるんだけど、あなた何か欲しい物はない？　あげるわよ、何でも」

私は、短く答えた。

「いえ、特に何も」

ヨーレリーは、笑った。

「ふふっ、そうよね。あなたは、私の人生を破壊するために生まれてきたんだものね。壊せば、それで満足。戦利品なんて別にいらないのよねえ。ふふっ、ふふふっ」

私がヨーレリーの人生を破壊するために生まれてきたですって？

この人、何を言っているの？

ヨーレリーは何がそんなにおかしいのか、いまだにケラケラと笑い続けている。……何だか、まともじゃない。

私はどう言葉をかけていいのかわからず、ただ訝《いぶか》しげにヨーレリーを見ていた。

そんな私の目を真っすぐ見据え、ヨーレリーは続ける。

「ねえ、もう許してよ」

許す？　一体何のことを言っているのだろう？

「お願い、レベッカ。許すって言って。もう、十分でしょ？」

ヨーレリーは立ち上がり、フラフラとこちらに近づいてくる。

それは、まるで亡者のような、哀れな姿だった。

彼女が何を言いたいのか、わからない。もしかして、母親らしい振る舞いをせず、愛情を注がなかったことを許してほしいということだろうか？

そう思った瞬間、心の中に強い怒りが沸き起こる。

何を今さら。あれだけ冷たい仕打ちをしておいて、他の娘がいなくなった途端に許してくれだなんて、勝手すぎる。

衝動的に、ヨーレリーの頬に平手を飛ばしそうになった。……かつて彼女が私の頬を叩いたように。

でも、今さらこの人の顔を叩いて何になるのだろう。

それに『腹が立ったから深く考えずに仕返しする』なんて、リズと同じだ。『自分に不快な思いをさせた相手を許さない』のはラグララと同じだ。

私は、あの二人とは違う。

私の手は、誰かを叩くためにあるわけじゃない。

もちろん、今さらヨーレリーと手を取り合って、普通の母子になれるとは思えない。しかし、この人を憎み続けることに意味があるとも思えない。

それでもやはり、今までのことを思うと葛藤がある。

だから私は、奥歯を噛むようにしてしばらく悩んだ。

……そして、ひとつの答えを出した。

ヨーレリーがこれほど『許されること』を望んでいるなら、私は『許すこと』で彼女と決別する。

それは、リズやラグララとの決別より、ずっと平和的で大人な別れだ。きっと、こうするのが一番いいのだ。

私は自分を納得させるように小さく頷き、口を開く。

「私は、もうあなたを母親として見ることはできません。でも、あなたを憎み、傷つけることが正しいことだとも思いません」

「…………」

「だから、あなたを許します」

「…………」

「そして、もう二度と会わないでおきましょう。私は私の道を行き、幸せになります。……あなたも、あなたの道を行き、幸せになってください」

「幸せになる？　私が？　どうやって？　愛する夫も、娘たちもいなくなった。残ったのは、空っぽの家だけ。ねえ、私にこれから、一体どんな道があるって言うの？」

切実で、寂しい言葉だった。

今目の前にいるのは、私を虐《しいた》げ続けた『恐ろしいお母様』ではなく、一人の孤独な女性だった。

私は過去の因縁に心を乱されないように気をつけながら、なるべく親身になって助言をした。

「家の売却資金と父の遺産を合わせれば、今後の生活に困ることはないはずです。新しい町に移って新しい人々と関われば、きっとお友達もできて気持ちも変わりますよ」

ヨーレリーに励ましの言葉をかけるなんて、凄く不思議な気分だ。ヨーレリーも私の言葉が意外だったのか、不可解なものを見るような視線を向ける。

「ねえ。今のって、私を励ましたわけ？」

「そういうことになると思います」

「……相変わらず、何を考えているかわからない子だわ。散々あなたを虐《しいた》げた私が、今目の前で弱り切ってるのよ。普通は、唾でも吐きかけてやりたくなるもんじゃない？」

「弱っている人を、励ましてあげたいと思ってはいけませんか？」

「いけなくはないわ。でも、私はそんなことはしない。私の娘たち――ラグララとリズも、そんなことはしない。やっぱりあなた、変よ。それともさっきのは、励ましに見せかけた嫌味？」

「心からの言葉です。少なくとも私は、あなたが不幸になることを望んではいません」

「嘘をつくなっ！」

ヨーレリーは、突然突き刺すような鋭い視線を私に投げかけると、叫んだ。

「嘘嘘嘘！　全部嘘！　何もかも演技なんでしょ⁉」

血走った、凄まじい目だった。

そして、怯えた目でもあった。

「わかってるのよ、ディアンヌ！　私はもう、あんたを舐めちゃいない！　油断させて、それから私を殺す気なんでしょ⁉　全部わかってるのよ！」

ディアンヌ？　それは、誰のこと？

わけもわからず立ち尽くしているその時だった。ヨーレリーが、懐から何かを取りだした。

それは、折り畳み式の小さなナイフだった。

ヨーレリーは震える手で刃を引き出すと、切っ先を私に向ける。

「私の前から消えろっ！」

叫ぶと同時に、ヨーレリーは私に向かって突進してきた。その動きは瘦《や》せこけた姿からは想像できないほど俊敏だった。今から精神を集中させたとしても、魔法の盾を具現化する暇はない。かといって、背中を見せて逃げようとすれば、後ろから刺されてしまうだろう。

こうなったら、ナイフを取り上げるしかない。

私は両手でなんとかヨーレリーの腕を掴み、その動きを止めた。

だが、凄い力だ。

止めたはずのヨーレリーの腕が、じりじりと私に迫ってくる。

駄目だ。このままじゃ殺される。

……いえ、弱気になっちゃ駄目よ。

こんなところで、わけもわからずに殺されてたまるもんですか。

「うあああっ!!」

私は自分のものとは思えないほどの雄たけびを上げて気合を入れると、ヨーレリーを押し返す。

私たちはもつれ合い、激しく床を転がり合った。その際、軽く頭を打ってしまい、意識が朦朧《もうろう》とする。

いけない。

こんな状態じゃ、ヨーレリーの腕を掴んでいられない。

すぐにシャキッとしないと。

しかし、シャキッとしようと思うだけで朦朧《もうろう》とした意識が回復するのならば、脳震盪《のうしんとう》という症状はこの世に存在しないだろう。

私は数秒間、自分自身の今の姿勢すらわからない状態だった。

しばらくして意識が元に戻ると、愕然とする。両手が、血にまみれていたからだ。

ぼうっとしている間に、刺されてしまったのか。

……だが、それにしては、体のどこにも痛みがない。

すぐに、気がついた。この血は、私の血じゃない。

ヨーレリーの血だ。

ヨーレリーは、エビのように背中を丸めて倒れている。

……その脇腹には、ナイフが突き刺さっていた。どうやら、先程ナイフを押し返した時に、切っ先がヨーレリーのほうを向いていたようだ。そのままもつれ合い、床を転がったはずみで、刺さってしまったのだろう。

「う……うぅ……」

ヨーレリーは先程までの常軌を逸した様子が嘘のように、静かに呻《うめ》くだけだった。

小さなナイフのため致命傷ではないと思うが、それでもこんな状態ではもう襲ってくることはできないはずだ。

突然、大きな音を立てて休憩室のドアが開く。

中に入ってきたのは、なんと、アルベルト様だった。

「レベッカ！　激しい物音が聞こえたが、大丈夫か⁉」

「アルベルト様、どうしてここに……？」

「パティから、お前の母親が面会を求めてきたと連絡を受けてな。何となく嫌な予感がして来てみたのだ。これは一体どういうことだ？」

『一体どういうことか』と聞きたいのは私のほうだった。いきなり錯乱したヨーレリーに襲われたのだから。

現状に至った経緯を公爵様に簡潔に説明した後、私はヨーレリーの側に近づいた。

「あなたが私を疎んでいるのは知ってるけど、殺したいほど、私を憎んでいたの……？」

ヨーレリーは横たわったまま、力ない笑みを浮かべた。

「ふ、ふ、ふふふ、私を憎んでるのは、あなたのほうでしょ？　やったわね、ディアンヌ。あなたの勝ちよ。私からすべてを奪い、仕上げに私自身を刺し殺す。完璧な復讐じゃない。まいったわ……」

「さっきからディアンヌって、一体誰のことを言っているの？　私はレベッカよ。……私には、あなたが正気だとは思えない」

「そうよ。私、とっくの昔におかしいの。ディアンヌ、あんたの呪いがそうさせたのよ。嬉しいでしょう？　あんたを殺した私がどんどん正気を失っていく様は、さぞ快感だったでしょ？」

駄目だ。この人が何を言っているのか、さっぱりわからない。

ひたすら困惑する私の代わりに、アルベルト様がヨーレリーに言う。

「ヨーレリー・スレイン。お前のことを少し調べさせてもらった。影の宰相と呼ばれたサイラス・スレイン殿の妻にして、元は彼と同じ宮廷魔導師だったお前が、なぜこんな愚行を……」

ヨーレリーは何も答えなかった。

「アルベルト様。私の父がサイラス・スレインさんだというのは、ラグララの妄言じゃなかったんですか？」

「一時は私もそう思ったが、ラグララの発言には一切の迷いがなかったからな。少し気になって、詳しく調査してみたのだ。すると、奴の言っていたことが真実だとわかった。お前にも折を見て伝えるつもりだったが、その前にこんなことになってしまうとは」

　アルベルト様はそこで一度言葉を切り、ヨーレリーに向きなおる。その視線は、ヨーレリーの脇腹に刺さったナイフに注がれていた。

「私には不思議でならない。錯乱し、実の娘を殺そうとしたこともそうだが、魔法の達人である元宮廷魔導師が攻撃魔法ではなく、こんなちっぽけなナイフを凶器に選ぶなんて……」

　そこでやっと、今まで黙りっぱなしだったヨーレリーが口を開いた。

「ふふ、ふふふ、公爵様。私が宮廷魔導師だったのは、もう随分昔のことです。今ではね、簡易的な魔法すら使えないんですよ。……そこにいる、ディアンヌのせいでね」

　ヨーレリーが、私を一瞥《いちべつ》する。

　アルベルト様は呆れたような表情で、言い返す。

「いい加減にしろ。お前は、自分の娘の名前すら忘れてしまったのか。彼女の名前はレベッカだ。ディアンヌなどという名前ではない」

　ヨーレリーはおかしくて仕方ないというように、笑った。

「ふふ、あは、あはは、まあ、確かにそうなんですけどね。その子はレベッカであって、レベッカじゃないんです。本当の名前は、ディアンヌ・リスティっていうんですよ」

「何を言っているんだ？　わかるように説明してくれ」

「……わかりました。私も、いつか誰かにすべてを打ち明けたいと思っていました。秘密を抱えたまま生きるのは辛いですからね。この際です、全部吐き出させてもらうとしましょうか」

そして、ヨーレリーは静かに語り始めた。

ヨーレリーの追憶

ハーヴィン公爵領のあるヴァレンス王国と隣国のドリアルト帝国は、国境を挟んで常に睨み合い、地域一帯の覇権を争っていた。

戦力が拮抗する二つの国。その均衡を変えるには、何が必要か？　それは『情報』だ。情報収集能力に優れる国は、あらゆる点で敵国より有利になる。ドリアルト帝国の皇帝は歴史に学び、誰よりもそのことを知っていた。

そのため、国土全体から優秀な子供を集めては、幼い頃から徹底的に英才教育を施し、他国への潜入に特化した諜報員を育てていた。

……私も、その諜報員の一人だった。

十代の頃からヴァレンス王国に潜入して国籍を獲得した私は、二十歳の時に難関試験を突破し、王室直属の宮廷魔導師になった。

そこで、彼に出会った。

私がこの世界でただ一人愛した男、サイラス・スレインに。

最初は彼を利用するつもりだった。

幼い国王に慕われ、影の宰相と呼ばれていたサイラスに近づくことで、より重要な情報が手に入る。私はありとあらゆる手段を使って、サイラスを籠絡《ろうらく》した。

優秀だが、勉学一筋で女慣れしていないサイラスは、簡単に私の虜になった。

『なんてちょろい男。これから、せいぜい役に立ってもらうわよ』

私はそんなことを思い、彼を嘲笑《あざわら》った。だが、サイラスと一緒にいる時間が増えたことで、私の心境に少しずつ変化が起こっていった。

サイラスに、朝『おはよう』と声をかけてもらえるだけで、胸が温かくなる。些細なことで彼と喧嘩すると寂しくて、悲しくて、胸が張り裂けそうになる。その後、仲直りできると崩壊した世界が元に戻ったかのような安堵感で、心の底から幸せを感じる。

そう。私はいつの間にか、サイラスのことを本心から愛していたのだ。

サイラスは、これまで私が出会ったことがないタイプの男だった。誠実で、私をほんの少しも疑わない真っすぐさに、人を騙すことに慣れきっていた私ですら罪悪感を覚えた。

私は『男』という存在に良い印象を持っていなかった。諜報員としての経験上、どんな紳士でも少し欲望をくすぐれば、たちまち下劣な本性を現すことを知っていたからだ。

だが、サイラスは違った。

彼はまるで十代の少年のように、純真そのものだった。

その無垢な純真さに引っ張られるように、彼といると私も純真になった。彼と過ごす日々は新鮮で気恥ずかしく、今まで感じたことのない瑞々しい想いが、何度も胸に溢れた。それは、諜報員として異常な十代を過ごした女に、遅れてやってきた青春だったのかもしれない。

ほどなくして、私はサイラスと結婚した。

他人を情報源としか思っていなかった私だが、彼との温かな暮らしの中で少しずつ人間らしさを取り戻していくのを実感し、嬉しかった。ただ、人間性が戻ってきたことで、油断や甘さが増えたのはかなりの懸念事項だった。

だが、仕事は順調そのものでヴァレンスの宮廷魔導師としても、ドリアルトの秘密諜報員としても、私は抜群の成果を残し続けた。

家庭はさらに順調だった。サイラスが私のために建ててくれた新居で、第一子であるラグララが生まれ、私は女として究極の幸福を味わった。

優しい夫に、可愛い娘。

私の人生は、まさに完璧だった。

だが、そんな完璧な生活にある日突然ヒビが入った。私の振る舞いに怪しいところがあると、気づいた女がいたのだ。

彼女の名はディアンヌ・リスティ。

良家のお嬢様で、私の後輩にあたる宮廷魔導師だ。

私は、ディアンヌのことをまったく警戒していなかった。能力そのものは優秀なのにどこかドジでのんびりしている、大人しい犬のような女だったからだ。私は先輩として、何かにつけてディアンヌの面倒を見ていたので彼女は私によく懐いていた。

だから、ある日突然ディアンヌがうちに来てこう述べた時、心臓が止まりそうになるほどの衝撃を受けた。

「先輩。もうスパイみたいなことは辞めてください」

私は乾いた笑いをあげると、そしらぬふりをした。

「スパイみたいなことって？　それ、何かの冗談？」

ディアンヌは、愛想笑いすらしなかった。普段のとぼけた様子とは別人の、強固な意志を秘めた目で私を見ていた。彼女はすべてを知っていたのだ。数ヶ月かけて、私を告発できるだけの証拠を着実に集めていたからだ。この辺りは、さすがの優秀さだった。

「先輩。もう言い逃れはできません。自分から、ドリアルトの諜報員であることを告白してください。そうすれば、極刑は免れるはずです」

極刑は免れてもスパイは徹底的に拷問され、情報を引き出される。待っているのは、この世の地獄だ。告白など、できるはずがない。

「お願いします、先輩。これ以上、罪を重ねないでください。私からも、罰を軽くしてもらえるように国王陛下に直訴します。私、先輩のことが本当に大好きですから……」

何ともまあ、お嬢様らしい能天気な考えだ。そんな直訴で諜報員への罰が軽くなるなら苦労はない。

しかし、私のことを『大好き』と言うなら、その好意は利用させてもらおう。

こういう時は泣き落としだ。単純な手だが、自分に好意を抱いている相手には効果が高い。私は躊躇《ちゅうちょ》なく土下座し、実際に涙を流しながら心に響くような哀訴をした。

「お願い、許してディアンヌ。もうスパイは辞めるわ。これからは、心身共にヴァレンス王国の一員になる。あなたさえ黙っていてくれれば、これからも宮廷魔導師として……」

だが、そんな私の言葉を、ディアンヌはピシャリと遮った。

「先輩。二ケ月前に、ヴァレンス王国とドリアルト帝国の国境付近で起こった戦闘で、何人死んだか知っていますか？」

「えっ？」

「あなたが送り続けた情報を元に、ドリアルト帝国の傭兵部隊がヴァレンス王国の小砦に攻撃を仕掛け、その結果数十名の死傷者が出ました。近隣の村にも被害が及び、民間人も何人か死にました。……その中には、子供も含まれていたそうです」

国境近くで戦闘があったことは知ってる。

でも、詳しい被害内容については知らなかった。

……というより、関心がなかった。私は情報を送るのが仕事で、その情報を元に本国がどういう行動をとるかは、私が関与することではない。国境付近ではよく衝突が起こっているから、何人死んだなんて、いちいち数えちゃいないわ。

その考えが表情に出ていたのか、ディアンヌは珍しく怒った顔で私をなじった。

「どうして、そんな顔ができるんですか？　先輩の送った情報が、小規模とはいえ戦争の引き金になったんですよ？　罪の意識はないんですか？」

その問いは、ディアンヌの靴を舐めてでもこの場を切り抜けたいと思っていた卑屈な心を、一瞬で逆上させた。恵まれた環境で育った人間にだけは、絶対に言われたくない言葉だったから。

何も知らない小娘が偉そうに。

泥水を飲んだこともないお嬢様が偉そうに。

戦禍に翻弄される人間の『実際の苦しみ』なんて、想像すらできないくせに。

私の生まれた国――ドリアルト帝国では、暴力や侵略が日常だった。私の母は、攻め滅ぼされた他国から連れてこられた奴隷だった。父は爆弾で吹っ飛び、骨も残っちゃいない。

優しい姉がいたけど、病気で死んじゃったわ。ヤブ医者にかかるための、ちょっとした金すらなかったからね。わかる？　優しいだけじゃ、幸せにはなれないのよ。

私はクソみたいな国に生まれた。スパイにだって、なりたくてなったんじゃない。たまたま魔法の才能とスパイ適性があったせいで、諜報員養成機関に強制連行されただけ。

それでも私は泣きごとひとつ言わず、自分の力でここまで成り上がったのよ。いい国で、いい暮らしをして、のんびり笑ってるあんたみたいなお嬢様に、何がわかるのよ！

いつの間にか私は顔を上げ、ディアンヌに向かって怒鳴っていた。

「ガタガタうるさいのよ！　子供が死んだ？　かわいそうね、同情するわ。でも、だから何？　あんたが知らないだけで、今日、今この時も、世界中で子供が死んでるのよ！　戦争や虐待でね。私を責めてる暇があったら、そういう子たちを助けに行きなさいよ。ほら、どうしたの？　今すぐ行けば、何人かは救えるかもよ？」

「…………」

「ふん、皆、知ってるのよ。世の中に不幸な子供が山ほどいるってことは。でも、誰も自分の人生を犠牲にして助けようとは思わない。当然よね、一番大事なのは、自分の幸せだもの。私もそう、あんたもそう。偉そうなことをほざいても、それが人間の本質よ。他人が生きてようが死んでようが、そんなこと、知ったこっちゃないのよ！」

ディアンヌは微動だにせず、私の話を聞いていた。真剣に、私の言っていることについて考えているようだった。そして話が終わると、小さく息を吐いた。

「確かに先輩の言う通りなのかもしれません。人間が他者より自分の幸福を優先するのは、残念ながら本当なのでしょう。……でも人間の本質がどうであれ、先輩が犯した罪が許される免罪符にならないことも、また事実です。あなたは、裁かれなくてはいけない」

静かだが、毅然とした言葉だった。私は悟った。泣き落としや恫喝《どうかつ》では、この女を止めることはできないと。

「先輩。私は今から、あなたのことを告発しに行きます。気が変わったら、追いかけてきてください。そして、自分からすべての罪を打ち明けてください。それでは失礼します」

ディアンヌは私に一礼し、背中を向けた。

その隙を、私は見逃さなかった。

一瞬で呪文を唱えると氷の槍を具現化し、背後からディアンヌを貫いた。突然のことにディアンヌは悲鳴を上げることすらできず、その場に倒れた。

血濡れたディアンヌを見下ろす自分の顔が、戸棚のガラスに映っていた。安堵しているような、後悔しているような、情けない顔だった。

「……ごめんね、ディアンヌ。でも、あんたが悪いのよ。大体甘いのよ。これから告発しようって相手に背を向けるなんて。本当に、ドジなんだから」

違う。ディアンヌが私に背を向けたのは、ドジだからじゃない。私を信頼し、背後から襲ってくるなんて思っていなかったからだ。そう思うと、わずかに胸が痛んだ。

涙を流し、背中や唇から血を流しながら横たわったディアンヌの姿は、これ以上ない痛々しさだった。しかしそれでも、懸命に唇を動かして、何かを述べようとしている。

……可愛がっていた後輩の最期の言葉だ。それくらい聞いてやるか。

私は、ディアンヌの唇に耳を近づけた。真っ赤に染まった唇から血を噴き出しながら、ディアンヌはたった一言だけ述べた。

「呪ってやる」

ディアンヌの言葉は、ただの捨て台詞ではなかった。

彼女は死ぬ間際に全魔力を使って、私に本物の呪いをかけたのだ。……なんてザマだ。昔の私なら、これくらいのことは予想し、不用意に耳を近づけたりはしなかった。やはり私は、サイラスの愛で人間らしさを取り戻すのと同時に、すっかり甘くなっていたらしい。

ディアンヌの呪いにより、私はじわじわと魔法が使えなくなっていった。無念ではあったが、魔法と引き換えに現在の生活を守ることができたと思うことにした。

何より、完全に魔法が使えなくなる前に、ディアンヌの死体と、彼女の集めた私の諜報活動の証拠を処分できたことは、不幸中の幸いだった。いくら私でも、魔法が使えない状態ですべての証拠を消し去ることは不可能だっただろう。

やがて、簡易的な魔法すら使えなくなった私は、適当な理由を並べて宮廷魔導師の職を辞し、家庭に入った。

そして、本国にこう連絡した。

『魔法が使えなくなり、宮廷魔導師でもなくなった私は、もはや満足に諜報活動をすることはできそうにない。どうかこのまま、ヴァレンス王国で残りの人生を過ごさせてほしい』と。

驚くべきことに、私の願いは本国に受け入れられた。

これまでの私の活動は高く評価されていて、その褒美として、ヴァレンス王国で愛する家族と余生を過ごすことが許されたのである。

こんな幸運があるだろうか？　一度スパイになった者は、死ぬまでスパイ。その心に、決して本当の安息は訪れない。そう覚悟していたのに、普通の人間に戻れるなんて。

ディアンヌには、すまないことをしたと思う。だがそれでも、新たな人生の幕が開いたような気がして幸福だった。

そう。すんだことは仕方ない。これから私は、もっと幸せになるのよ。

そう思っていた頃、次女のレベッカが生まれた。

そのレベッカの顔を見た時、私は悲鳴を上げた。レベッカの顔に、ディアンヌの面影があったからだ。いや、面影があるだなんて、可愛らしい表現では到底足りない。まだ赤ん坊なのに、レベッカの顔はディアンヌに生き写しだった。

私は震えあがった。魔法が使えなくなったのなんて、序の口に過ぎなかった。これが、ディアンヌがかけた呪いの真の効果だったのだ。私の完璧なる幸福な家庭に呪われた子を送りこみ、すべてを破壊する。それが、ディアンヌの真の狙いだったのだ。

そう気づいても、レベッカを殺すことはできなかった。お腹を痛めて産んだ我が子だから。

しかし私は、レベッカを愛することもできなかった。

それから一年が経過し、今度は三女のリズが生まれた。

……リズにはディアンヌの面影は一切なく、私は心底ホッとした。ディアンヌが死んでから、もう随分経つ。彼女の呪いの効果も弱まったのかもしれない。

レベッカのことはどうしようもないが、ここから軌道修正すればまた幸福な生活を取り戻せるはずだ。私は希望を胸に、日々の生活を送った。

だが、物事は私の思い通りにはいかなかった。ラグララとリズには愛情深い私が、レベッカにだけ冷淡な仕打ちをするのを見てサイラスが首をひねったのだ。

「ヨーレリー。きみはどうして、レベッカに辛くあたるんだ？」

真剣な問いだった。

当然だろう。妻が一人の子供にだけ、異常な接し方をしているのだ。心配しないほうがおかしい。

はぐらかすことなど、できそうにもなかった。

私はサイラスにすべてを告白した。もう、限界だったから。

何もかもを隠して生きることに、私は疲れきっていた。サイラスを騙している罪悪感はもちろんだが、ディアンヌを殺した罪悪感もあった。呪いへの恐怖もあった。結局、スパイを引退しても、私には『本当の安息』なんてなかった。その想いを、全部吐き出した。

でもサイラスならすべてを打ち明けても、変わらずに私を愛してくれるという信頼があった。だって私たちの間には、本物の愛情があるのだから。

だがサイラスは私の話を聞くと信じられないほど取り乱し、こう言った。

「ヨーレリー！　きみは最低だ！　僕はきみを心から愛していたのに、きみはドリアルトの諜報員として、僕を利用していただけだったのか！」

「違う！　確かに、最初はあなたを利用しようとしたけど、私は本当にあなたを……」

「愛していたとでも言うのか⁉」

「そうよ！　私はあなたを、あなただけを！　心の底から愛……」

「人を騙すプロであるスパイの言う言葉なんて、信じられると思うか⁉　それに、きみに愛という温かな感情があるなら、あんなに可愛がっていたディアンヌを殺せるわけがない！」

……その通りだ。私は、何も言えなくなった。

私にはそもそも、愛なんて崇高な感情は存在しないのだろう。それは、私の娘たちも同じ。ラグララもリズも、まだ幼いが私によく似ている。その心に愛があるとは思えない。

そして結局のところ、サイラスの心にも愛はなかった。本当の愛があるのなら、私が何者で何をしていようとも、私を許してくれたはずだ。

私の信じた完璧なる幸福な家族の正体は、愛のない、ままごとの家族に過ぎなかった。

そう悟った時。心の中で何かが壊れた。

魔法が使えなくなってから、自衛のために持ち歩いているナイフ。それで、サイラスを後ろから刺した。これ以上、彼になじられるのは耐えられなかったから。

サイラスの瞳は驚愕に見開かれていた。

さあ反撃して、サイラス。あなたの強力な魔法で、私を殺して。もう疲れた、偽りの人生を続けることに。ふふっ、ヨーレリーって名前も偽名なのよ。笑えるでしょ？　偽りの名と偽りの愛で、私たちはずっとままごとをしてたってわけ。

でもね、偽物の愛情だったとしても、私はあなたを愛した。そんなあなたの急所を刺してしまった。致命傷だ。決して助からない。酷い。私は最低。楽しいままごとも、もう終わり。あなたの手で幕を下ろして。私も連れて行って。二人で去りましょう。苦痛に満ちたこの世界を。

しかし、サイラスは私に魔法を使わなかった。彼は最後に私を憐れむような目で見て、息を引き取った。ただの一言も、私に対する恨みごとを言わずに。

……どうして、私を殺さないの？

私を愛していないから？　それとも、私を愛しているから？　もしもそうなら、本当に私を愛してくれている人を、私は殺したの？

ディアンヌの声が聞こえる。

『そうですよ、先輩。私もサイラスさんも、先輩のことが大好きなんです。その私たちを、先輩は殺したんですよ。ふふ、ふふふ。酷い。先輩って、本当に酷い人ですね』

もうわからない。自分が何を考えているのか、自分が何をやっているのか、これから何をしたらいいのかもわからない。愛しい人との最後の別れが、これ？　これが私の人生なの？　もう、何もわからない。私の人生に、意味はあったの？

◆

ヨーレリーの話は、終わった。

アルベルト様は不可解そのものといった顔で、首を左右に振る。

「……私には、お前の考えがまったく理解できない。サイラス殿を殺したこともそうだが、レベッカをディアンヌの生まれ変わりだと信じているのも、ハッキリ言って異常としか思えん」

ヨーレリーは、わずかに唇を動かした。

どうやら、笑っているらしい。

「ふ、ふふ……。公爵様、失礼ですが、お子様はいらっしゃいますか？」

「いや……」

「でしょうね。あなたもいつか、ご自分の子供を見れば、私の言っていることが少しは理解できますよ。子供の目は、人の魂そのものです。レベッカの瞳には、ディアンヌの魂が宿っているんですよ。その魂が、私からすべてを奪ったんです。夫も、娘たちも、全部、全部……」

ヨーレリーはうわごとのように呟きながら、私に顔を向ける。そして、泣き笑いの、歪んだ表情で言う。

「これで、全部おしまい。とうとうやり遂げたわね、ディアンヌ。ずっとこの結末を望んでたんでしょ？　良かったわねえ。あなたの勝ち。私の負け。ほら、もっと楽しそうに笑いなさいよ」

あまりにも、痛々しい姿だった。

私は静かに、淡々と言葉を返す。

「……私、こんな結末なんて望んでなかった。今はもう、あなたと手を取り合うことはできないけど、それでもできることなら、母親としてのあなたを愛したかった。それに、あなたに愛されたかった。あなたが死ねばいいだなんて、一度だって思ったことはないわ」

「それ、本気で言ってるの？　だとしたら、やっぱりあなたは、私の娘じゃないわ！　私の娘がこんなに善良で、愛情深い人間のはずないもの！　あははははっ！」

ヨーレリーはけたたましく笑い続けた。

私は、そんなヨーレリーが哀れでならなかった。

「なあに、そんな目で私を見て。……もしかして、本当に私を憐れんでるの？　嘘でしょ？　生まれた時からずっとあなたを疎み、奴隷同然の扱いをしてきた私を？」

私は、何も言わなかった。ヨーレリーも、もう笑っていなかった。

しばらくの間、私とヨーレリーは見つめ合った。

「……こっちに来て、よく顔を見せて、レベッカ」

ぼそりと、ヨーレリーが言う。私は頷き、彼女に近づく。アルベルト様が慌てて、私を制止した。

「よせ、レベッカ。この女、何をするかわからんぞ」

「大丈夫です」

そして私は、ヨーレリーの側にしゃがみこむ。ヨーレリーは、血濡れた両手で私の頬に触れ、じっと私を見た。その真っ赤な手が、かすかに震えだす。唇も、わなわなと震えていた。

「ああ……何よ……あなたの鼻の形、よく見ると私に似てるじゃない。……どうして、こんなことになるまで気づけなかったの……？」

ヨーレリーは、釘でガラスを引っ掻くような悲鳴を漏らした。

「私は、今までありもしないディアンヌの幻影を見ていたの？　いや、そんなはずない。呪いは、確かにあった。そうでなきゃ、こんなことになるはずが……」

「………」

「……やっとわかったわ、ディアンヌの真の目的が。私の産んだ子供の中で、最も愛情深く優しい子を、愛しいと思えなくさせることだったのね。それで、私は……心の底から私を愛そうとしてくれていた子をずっと虐《しいた》げ、苦しめ、最後には殺そうとしたのね……」

ヨーレリーの顔色が、急激に青ざめていく。傷は浅いが、これ以上このままにしておくとまずい。

私は彼女の腹部に手を当てた。

「それ以上喋らないで。今、治癒魔法をかけるわ」

しかしヨーレリーは、なおも喋り続けた。まるで、魂を吐き出すように。

「ねえレベッカ。さっき、私を励ましてくれたわよね。私、そんな優しいあなたに、こう言ったわ。『お前は変だ』って。『それは嫌味か』って。『全部嘘の演技だ』って。ふふ、ふふふ。酷い。酷すぎる。サイラスの言う通りだわ。こんな人間に、愛なんてあるはずない……」

「今は、何も考えちゃ駄目よ。とにかく、傷の手当てを……」

だが、そんな私を、ヨーレリーは軽く突き飛ばした。『何をするの』と問いかけようとした時には、ヨーレリーは自分のお腹からナイフを抜いていた。

そして、そのナイフを自らの首筋に持っていくと、そのまま突き刺した。噴き上がる鮮血は現実感がなく、何かの冗談のようですらあった。もう、どんな奇跡を用いても回復させることはできない。

ヨーレリーは最期にこう呟いた。

「もうつかれた……」

それは蚊の鳴くような、小さく疲れきった声だった。

◆

その日の夜、いつものお茶の時間。

私はアルベルト様と隣り合い、ソファに腰かけている。衝撃的な結末に、ずっと心が乱れていたが、ようやく少しだけ冷静になってきた。

私はぽつり、ぽつりと、小石を吐き出すように、自分の心情を打ち明けていく。

「ヨーレリーの人生は、一体何だったのでしょうか？　幸福とは言えない生い立ちで、やっと愛を得たと思ったらすべてを失ってしまった。まるで、悪夢のような話でした……」

アルベルト様は小さく息を吐き、私の顔を覗きこむ。

「あの女に同情しているのか。散々お前を苦しめ、殺そうとした挙句、謝罪ひとつしなかった相手だぞ。どうしてそこまで優しくなれるんだ？　ほんの少しの手違いで、お前が刺されていたかもしれないと思うと、私は血の気が引く思いだよ」

「優しくなれる……というか、愛する人と出会えたのに、残酷な結末になってしまったことを思うと、かわいそうで仕方がないんです。父もディアンヌさんもそうですが、生まれや出会い方が違っていれば、こんなことにはならず、三人とも今でも仲良くできていたでしょうから」

「まあ……な。ヨーレリーが、ドリアルトではなくこのヴァレンスに生まれていれば、優秀な宮廷魔導師としてごく普通にサイラス殿やディアンヌと出会い、幸福に暮らしていたかもしれない。そう思うと、哀れではあるな」

「ええ。そんな二人を殺した罪悪感で、ヨーレリーも十分苦しんだことでしょう。死が救いというのはあまりにも悲しいですが、それでもやっと、彼女は楽になれたのかもしれません」

「そうだな。ヨーレリーがお前にした仕打ちは許せないが、これ以上死者を責めるのはよそう」

「それにしても、今まで起こったことのすべてが、ディアンヌさんがヨーレリーにかけた呪いの結果なのだとしたら、私という人間はそもそも何なのでしょうか。私は結局、ヨーレリーを苦しめるために生まれてきた、呪いの産物でしかないのでしょうか……」

私は、不安だった。

これまでの私の行動は、どれも私自身の意思で決定してきたつもりだが、それが全部ヨーレリーを苦しめることに繋がったのは事実だ。

無念にもこの世を去ったディアンヌさんの憎悪が、私という人間に宿っているのだとしたら、私は一体何なのだろう？

ヨーレリーの話を聞いてから、何だか自分が自分でなくなってしまったかのような、落ち着かない気持ちである。

そんな私を、アルベルト様はそっと抱きしめた。

「あっ……アルベルト様……？」

「いつだったか、お前はこうして私を抱きしめ、私の心を縛っていた鎖を解き放ってくれたな。今度は私の番だ。……呪いの産物でしかない人間など、いるはずがないだろう。お前はお前だ、レベッカ。何も、案ずる必要はない」

それは、力強い言葉だった。

お前はお前。そう、私は私だ。きっと、思い悩む必要なんてない。今の自分を受け入れて、そのまま生きて行けばいいのね。

「何より、ディアンヌの呪いが本当にあったのかどうか怪しいものだ。ヨーレリーはスパイとしての二重生活の疲労に加え、最愛の夫を騙す苦しみと、可愛がっていた後輩を惨殺した罪悪感が重なって精神を病み、正気をなくしていったんだと私は思う。だから、お前が悩む必要はない」

呪いが本当にあったのかどうかを確かめるすべはない。でも、アルベルト様が私を思いやり、そう言ってくれているのは痛いほどわかった。その気持ちだけで、十分だった。

私は瞳を閉じ、アルベルト様の腕に手で触れると短く返す。

「はい……」

「そしてお前は、私にとっての光だ。これからも、誰よりも近くで私と共にあってほしい」

これは現実かと疑うほどに、夢のような言葉だった。

かつてのアルベルト様は、私を『友』と呼んでくださったが、普通、友に対してこんな言い方はしない。今のアルベルト様はきっと、私を女性として……

そこまで考えて、かすかな不安が頭をよぎる。

何もかも私の勝手な思いこみで、アルベルト様が私を女性として見ていなかったらどうしよう。

ここで変な返答をしてしまったら、今の心地良い距離感が壊れてしまうかもしれない。

そう思うと、怖くて、私は自分の本心をごまかすように、高貴な方に仕えるメイドらしい杓子定規な返事をしてしまう。

「仰せのままに。喜んで、お仕えいたします」

丁寧すぎる、形式ばった言い方。……きっとアルベルト様は、こういう言い方を望んではいない。

それは、わかっている。私も本当は、もっと素直に気持ちを打ち明けたい。

でも、今の私には、これ以上の言い方はできそうになかった。アルベルト様が『友として』私を求めているのか、『女性として』私を求めているのか、自信がないから。

このお屋敷で過ごすうちに、奴隷のように卑屈だった私も少しは成長できたと思う。……しかし、幼少期から徹底的に虐《しいた》げられていたせいもあり、自己肯定感の低さだけはまだ完全に克服できていなかった。もしかして、私は今も『見えない奴隷の鎖』に繋がれているのかもしれない。

そんな私の迷いを感じ取ったのか、アルベルト様は表情を緩め、心を読んだようにこう仰《おっしゃ》った。

「自分に自信がないか？　裁判ではあれほど堂々としていたのに、不思議なものだな。しかし、わかるよ。私もずっと、自分に自信がなかった。自分の本心を語ることすら、恐ろしかった。そんな私を、お前が変えてくれたのだ。だからお前にも、自信を持ってほしい」

「アルベルト様……」

「だが、無理に急ぐ必要はない。奥ゆかしいところも、お前の魅力だからな。……私は、いつまでも待っているよ」

優しく、包容力のある言葉に、涙が溢れそうになる。私は鼻をすすり、小さく頷いた。

窓から差しこむ淡い月光に包まれた室内は、まるで物語の中のようだった。

# エピローグ　二人の未来へ

優秀な宮廷魔導師であったヨーレリーが、実はドリアルト帝国のスパイであったことは、私の父——サイラス・スレインの死の真相と共に、国王陛下に報告された。

国王陛下はお優しい方で、結果的に『スパイの娘』という存在になってしまう私を咎《とが》めることはなく、それどころか両親を失った私を憐れみ、特別な計らいをしてくれた。

なんと、王都にある宮廷魔導師の育成学校に、私を特待生として入学させてくれると仰《おっしゃ》るのだ。

それも、生活費支給、授業費免除の特別待遇で。

これはもう、本当に光栄でありがたいことなのだが、私は謹んで辞退した。

そして、ヨーレリーの死からちょうど一ヶ月が経った今日。再びエクス大農場に視察に訪れたアルベルト様と一緒に、果物の収穫作業をさせてもらっている。

「アルベルト様、ご覧ください。こんなに大きな梨が取れましたよ」

生まれて初めての収穫体験に、やや興奮気味の私。

パティはロイさんと一緒に、離れた区画にあるリンゴ農園で仲良く作業している。パティが半獣人であることを知っても、ロイさんは優しい。

この国の人たちの獣人に対する差別心は根強いが、実の兄妹のように笑い合う二人の姿を見ると、いつかきっと冷たい差別も雪解けを迎えるのではないかと、かすかな希望が湧いてくる。

そんなことを考えて顔を綻ばせる私とは反対に、アルベルト様は難しい表情をしていた。そして、作業の手を休めると、真剣な瞳で私を見据える。

「……レベッカ。本当に良かったのか？　国王陛下からのお誘いを辞退してしまって」

「はい。まだ初歩の魔法しか使えない私が、国内最高の魔導師学校に中途入学しても、先生や他の生徒を混乱させて迷惑をかけるだけだと思いますし……」

「最初はそうかもしれない。しかしお前には間違いなく才能がある。すぐに能力を伸ばし、他の者に後《おく》れを取るようなことはないはずだ」

「そ、そうでしょうか」

「魔法の才能は、ほぼ血筋で決まる。あのサイラス殿と、魔導師としては優秀だったヨーレリーの娘であるお前には、計り知れない可能性が秘められているんだ。努力次第では、女性として初めて魔法省の長官になることも夢ではないと私は思っているよ。恐らく、国王陛下もそうだろう」

アルベルト様の瞳はどこまでも真剣で、誰よりも私の将来を考えてくれていることがひしひしと伝わってくる。その想いをありがたく受け取りながらも、私の気持ちは変わらなかった。

「でも、やっぱり私は、王都には行けません……」

「なぜだ？　これは、二度とない機会……」

不敬ではあるが、私は自分の想いを抑えられず、アルベルト様の言葉を遮った。

「だって、アルベルト様のお側にいられなくなってしまうから……」

宮廷魔導師育成学校は全寮制だ。一度入学すれば数年間の育成課程が修了するまで、簡単に王都を離れることはできなくなる。そうなれば、アルベルト様にお会いできるのは、多くて年に数回ということになってしまうだろう。

「レベッカ。もしかして『誰よりも近くで、私と共にあってほしい』と言った、私の言葉が重荷になっているのか？　ならば……」

重荷なわけがない。あんなにも心が震えた幸福な言葉は、他にない。その幸福な言葉を、アルベルト様が重荷と解釈したのが寂しかった。

だから私は、少し拗《す》ねたように言う。

「アルベルト様は、私がいなくなっても寂しくはないのですか？」

「馬鹿を言うな。お前のいない生活など考えられない。しかし私のワガママで、お前をずっと側に留め置いていいはずがない。お前には、輝かしい未来が……」

私は、首を強く左右に振る。そして、感情が爆発した。

いや、爆発『させた』のだ。心の中にある迷いや不安、自己肯定感の低さを、アルベルト様への愛で、すべて吹き飛ばしてしまうために。

「いいんです。ずっとお側に置いてください。それが、私の何よりの望みなんです」

アルベルト様は一ヶ月前、『いつまでも待っているよ』と仰《おっしゃ》ってくれた。でもそれに甘えて、大切な人を、長々と待たせておいていいはずがない。

私は溢れ出した感情を、すべてぶつけていく。

「他のものなんていらないんです。王都になんて、行きたくないんです。私にとっての輝く未来は、あなたと一緒の未来なんです」

一ヶ月前はまだ自信がなくて、二人の間に壁を作るように、堅苦しい言い方をしてしまった。

でも今は違う。自分の気持ちに正直になって、想いのすべてを吐露した。身分違いの高貴な主《あるじ》であるアルベルト様を、『あなた』と呼んで。

アルベルト様は、ずっとその言葉を待っていたかのように、私を抱きしめた。

「……本気にしてしまうぞ。後になって『やっぱり取り消す』なんて言ったら怒るからな」

「本気にしてください。後になって『あれは戯言《たわごと》だ』なんて言われたら、私だって怒ります」

そうやって、互いの想いを交わすうちに、互いの吐息さえも交わされる距離に、顔がきていた。もう、これ以上気持ちを抑えることは不可能だった。どちらからともなく唇が近づき、かすかに、だけどしっかりと触れ合う。

愛しい人との口づけは、今まで生きてきた中で、最も鮮烈で幸福な体験だった。やがて、唇が離れると、アルベルト様ははにかみながら言う。

「奥ゆかしいお前に、このような積極性があるとはな」

「く、口づけを求められたのは、アルベルト様のほうです……」

「では、そういうことにしておくか。……レベッカ、覚悟しておけ。もう、お前が嫌と言っても離さないぞ。ずっと私の側にいてくれ。これはメイドとしてじゃない。愛する女性としてだ」

私は頷いた。

二人の他には誰もいない梨畑の真ん中で、私たちは再び口づけをする。

私を繋いでいた『見えない奴隷の鎖』が、砕け散る音がした。

きっと今日から、私とアルベルト様の関係は、これまでとは違ったものになっていくだろう。

私はアルベルト様の腕の中でそのぬくもりを感じ、これからの新しい人生に思いを馳せるのだった。

# 番外編　幸せな舞踏会

秋も深まり、グッと肌寒さが増す十一月の初め。

忙しくも幸福な日々を送る私の元に、国王陛下から手紙が届いた。

立派な封筒に、立派な蝋の封印。一目見ただけで、ヴァレンス王家の権威と格式が伝わってくる手紙を開封し、中を読む。

『レベッカ・スレイン。冬の訪れを前に、王宮で開かれる舞踏会に、そなたを招待したい』

とても簡潔な文章だった。しかし、手紙の末尾には国王陛下の署名と舞踏会の詳細な日時が記載されており、戯《たわむ》れではないとすぐにわかる。

そして招待状は、アルベルト様にも届いていたのである。

『アルベルトよ。一度くらいは、舞踏会に出てくれないか』

私への招待状とは文言が違うが、文章の簡潔さはそれ以上だった。

二人の大切なお茶の時間に、私は招待状についてアルベルト様に問いかける。

「貴族のアルベルト様に舞踏会への招待状が来るのはわかりますが、国王陛下は、どうして私にまでお声をかけてくれたのでしょうか？」

「陛下は、両親を失ったお前のことを気にかけておられるのだろう。舞踏会は確か、十一月十七日だったたな。その日は仕事を休んでいいぞ。馬車も出す。ゆっくり楽しんでくるといい」

『楽しんでくるといい』って、まるで、私が一人で行くみたいに仰《おっしゃ》るのですね」

アルベルト様は、不思議そうに首をひねった。

「その通りだが？」

「ちょ、ちょっと待ってください。招待状はアルベルト様にも届いているんですよ？　それなのに、参加しないおつもりですか？」

「駄目か？」

「かなり駄目だと思います。……あの、陛下の手紙には『一度くらいは、舞踏会に出てくれないか』とありますが、もしかして、本当に一度も舞踏会に行ったことがないのですか？」

「当然だ。考えてもみろ。領民の前に顔を出すことすら躊躇《ちゅうちょ》していた『ひきこもり公爵』が、噂好きの人間が大挙して集まる王宮の舞踏会になど行けるはずがあるまい」

「じ、自慢げに言わないでくださいっ」

凛々しく、美しく、毅然としたアルベルト様だが、親密になった人間にはこのように子供っぽい姿を見せることが多々あった。

それだけ、私に心を許してくれていると思うと嬉しいが、やはり国王陛下のお誘いを断り続けるのはあまり良いこととは言えないだろう。

そんなわけで、私は半《なか》ば強引にアルベルト様を説得し、十一月十七日の舞踏会当日に馬車で王都に向かったのだった。

馬車の中でアルベルト様と隣り合って座りながら、私の気持ちは非常に高揚していた。だって私は今、生まれて初めて『ドレス』というものを着ているからだ。

舞踏会のために自分のお給料で買った淡いグリーンのドレスは、貴人が身にまとうオーダーメードの超高級品と比べれば劣るかもしれないが、それでも、私のお給料が丸々三ヶ月分吹っ飛んでしまっただけあって、自分で言うのも何だが、なかなかの品だと思う。

ほんの半年ほど前までは粗末な服を着て、奴隷のように雑事ばかりをこなしていた私が、綺麗なドレスで舞踏会に参加できることを思うと、まるでおとぎ話の登場人物になったかのような気分だった。

そして『自分が働いて得たお金で自分のものを買う』という、普通の人が当たり前にやっていることを、今回生まれて初めて行えたことが誇らしく、嬉しかった。

「そのドレス、よく似合っているぞ」

舞踏会用の美しい正装に身を包んだアルベルト様が、ほほ笑みながら言う。

「あ、ありがとうございます。舞踏会までもう少し時間があれば、オーダーメードで体型にぴったり合ったものを作ってもらうつもりだったのですが、既製品でも、なんとかサイズが合うものがあってホッとしてます」

「既製品のドレスをそれだけ着こなせるのは、見事なことだ。それが難しいから、皆、高い料金を払って寸分の狂いもないサイズのドレスを作らせるのだからな。常に完璧なドレス姿を衆目に披露するため、多くの一流職人を独自に雇用している貴族もいるらしい」

「舞踏会が苦手なのに、お詳しいのですね」

「公爵家の長男として、社交に必要なマナーや知識はひと通り叩きこまれたからな。私が特別に、女性のドレスに興味津々というわけではないぞ」

冗談っぽく笑うアルベルト様に私もほほ笑み返し、馬車の小窓から王都の街並みを見る。

前に来た時は、裁判への決死の気構えで景色を楽しむ余裕などなかったが、こうして落ち着いて眺めると、本当に立派な都市だ。

通りに立ち並ぶ街路樹。さまざまなお店に、美しい石畳。そして、道行く人々は皆、表情が明るい。このヴァレンス王国は、まさに『豊かな国』だった。

母、ヨーレリーが生まれたドリアルト帝国は『独裁、暴力、侵略が日常』の酷い国だという。それを思うと、豊かな国で生まれるというのは、それだけで恵まれたことなのだと痛感する。

私は自分自身に言い聞かせるように、アルベルト様に語りかけた。

「ヴァレンスは、素敵な国ですね」

「そうだな。ドリアルトという危険な国が隣にありながら、これほどの安寧と繁栄が続いているのは、国王陛下の治世が素晴らしいからだろうな」

「そう言えば、少し思ったのですが……」

「なんだ？」

「アルベルト様は、陛下と特別な親交があるのですか？」

「どうしてそう思う？」

「私に届いた招待状も、アルベルト様に届いた招待状も、内容は簡潔でしたが、それでもアルベルト様に対しては、何だか付き合いの悪い友達に語りかけるような文面だったので……」

アルベルト様は苦笑し、小さく肩をすくめる。

「お前は本当によく気づくというか、聡《さと》いな。……特別な親交と言えるほどではないが、他の領主よりも謁見することが多いのは確かだ。陛下と私は年が近い。そのせいか、陛下は何かにつけて私を王宮にお呼びになるのでな」

そういえば私が公爵家に奉公に来てから今までの間にも、二度ほど陛下の呼び出しを受け、アルベルト様が王都に行く日があった気がする。

「陛下は、アルベルト様のことを頼りにしておられるのですね」

「どうかな。急ぎの呼び出しを受けて慌てて駆けつけると、重要な相談があるわけでもなく、単に世間話をして帰されることもある。嫌われてはいないと思うが、陛下は私のことをからかいがいのある臣下としか思っていないような気もする」

「さ、さすがにそんなことは……」

ないと言いたかったが、陛下について詳しく知らない私に、断言はできない。

「陛下は度量が広く、国民のことを大切に思っていらっしゃる素晴らしい方なのは間違いない。だが、どうにも掴みどころがないというか、心の奥底を簡単に測ることができないんだ。『王』という特別な存在は、皆そうなのかもしれないが」

そんなことを話すうちに、馬車は王宮に到着した。

さすが、豊かなるヴァレンス王国の宮殿だ。まるで、天上の神々が住まうような豪華な外観に、私は少しの間見入ってしまう。そのお城の周囲に、さまざまな形をした立派な馬車が多数集まってきている。きっと、舞踏会に参加する貴人たちの乗り物だろう。

現在時刻は午後の六時。舞踏会が始まるのは、完全に日が沈んだ後の午後七時とのことなので、十分な余裕をもってやってくることができたようだ。

そして、私とアルベルト様はまずは国王陛下に拝謁《はいえつ》し、お招きいただいたことに対する感謝の意を伝えることにした。

私たちと同じように考えている人は多いらしく、皆、順番に玉座の間で陛下にお礼の言葉を述べていた。しばらく待った後、私とアルベルト様の番になる。

「おお、アルベルト。とうとう来たな。毎度毎度、適当な理由をつけて舞踏会への出席を拒否していたくせに、今回はどういう心境の変化があった？」

陛下はそう言って、玉座から立ち上がり、両手を広げてアルベルト様を歓待する。

私は、もの凄く驚いた。

アルベルト様のお話で、国王陛下がお若いのは理解していたが、それでも、ずっと昔に亡くなった私の父から魔法を教わったとのことなので、どんなに若くても三十代だと思っていた。

だが、今目の前にいる陛下は、アルベルト様とほぼ変わらない年齢で、やや幼さの残る顔立ちは笑うと少年のように見えるほどだった。

陛下はアルベルト様のすぐ側で控えている私に気がつき、私とアルベルト様を交互に見ながら、まるで悪戯《いたずら》っ子のような笑みを浮かべた。

「なるほど。可愛いパートナーがいるから、参加する気になったということか」

その言葉に、私もアルベルト様も少し顔が赤くなる。しかしアルベルト様は、陛下の言葉を否定しなかった。

「そういうことになるのでしょうね。レベッカが強く勧めてくれなければ、私は今回も欠席するつもりでしたから」

「何という奴だ。国王の招待を何だと思っている。……しかし、そうか。その子がサイラスの娘、レベッカか。レベッカよ。近くに来て、よく顔を見せてくれ」

私は「はい」と頷き、陛下の御前に出た。

公爵家のメイドとして、貴賓を案内する機会はそれなりにあり、身分の高い方と接するのにも少しは慣れていたが、さすがに王様と至近距離で対面するのはかなり緊張する。

そんなガチガチの私とは反対に、陛下はあっけらかんと言う。

「そなた、サイラスに全然似ておらんな」

それは、私もよくわかっている。なので、変に気を遣って『父親によく似ている』などと言われるより、気が楽だった。私は苦笑とも微笑ともつかない表情で、言葉を返す。

「私もそう思います。母にも、何度も言われました。お前にはあの人の面影がないって」

私は、ヨーレリーのことを自然と『母』と呼んでいた。以前は、心の中でさえ彼女を母と呼ばないようにしていたものだが、今となっては、そんな子供じみた反抗をする気はなかった。

「母……元宮廷魔導師のヨーレリーか。彼女がドリアルトの諜報員だとは、疑いもしなかった。見事なほどに、このヴァレンスに溶けこんでいたからな」

「そうなのですね。……あの、陛下。不躾な質問を、お許しいただけるでしょうか？」

陛下は燃えるような赤い髪を揺らし、ニッコリほほ笑む。

「余は先程、そなたに『父に全然似てない』と不躾なことを言ったからな。そなたにも、一度は不躾なことを言う権利がある。で、何を聞きたい？」

「母の遺体は、丁重に葬っていただけたのでしょうか？」

ヨーレリーが自害したあの日。ヴァレンスの諜報機関により、彼女の遺体は魔法で腐敗しないように処理され、どこかに運ばれた。

敵国の諜報員の遺体が、丁重に扱われるはずがない。それでも私は、苦悩の人生を終えた彼女を安らかな場所で、人間らしく眠らせてあげたかった。

陛下は少し表情を曇らせ、ため息まじりに言う。

「ヨーレリーの遺体は現在、国家機密保管室に安置されている。残酷な言い方だが、彼女の存在自体が、ドリアルトがヴァレンスに諜報員を送りこんでいた証拠だからな。少なくともしばらくの間は、埋葬はしてやれぬだろう」

仕方のないことだと、理屈では理解できる。しかしやはり、ヨーレリーが哀れでならない。私は瞳を閉じ、キュッと口を結んだ後、短く「残念です」とだけ言った。

そこで、執事と思しき男性が陛下の側にやってきた。

「陛下。拝謁を願う貴賓がまだまだ列をなしています。そちら様との会談は、この辺りで……」

その言葉を、陛下は右手を上げて遮った。

「今、大事な話の途中だ。もう少し待て」

先程のあっけらかんとした様子とはまるで違う、厳格な声と態度だった。陛下は私の目をじっと見て、すぐに言葉を続ける。

「レベッカ。報告によると、そなたはヨーレリーからかなり酷い扱いを受けていたようだが、それでも、彼女を丁重に埋葬してやりたいと願っているのか？」

陛下の言葉に私は深く頷く。

「私は、母を許しました。今はただ、その魂に安息がもたらされることを願うのみです」

「もう少しで、殺されるかもしれなかったのに？」

「それでもこうして、生きていますから。すべてを失った母を、恨む気にはなれません」

そこでもう一度、執事さんが陛下に声をかける。

「陛下。どうか、そこまででお願いします。これ以上、貴賓をお待たせするわけには……」

これ以上問答を続けると、執事さんの胃に穴があきそうだ。私は恭《うやうや》しく頭を下げ、アルベルト様と一緒に陛下の御前から下がった。

そんな私の背に、陛下が声をかける。

「レベッカ。先程は『サイラスに全然似ていない』と言ったが、取り消す。自分を虐《しいた》げた者を許し、憐れむことのできる清らかさは、幼い頃、余が敬愛したサイラスの魂そのものだ」

私は振り返り、もう一度丁寧に頭を下げた。その下げた頭に、再び陛下の声が響く。

「そして約束する。いつかは必ず、しかるべき場所にヨーレリーを埋葬すると。だから、今夜は悲しみを忘れて楽しんでくれ。そっちの、ひきこもり公爵と一緒にな」

◆

玉座の間を出た私とアルベルト様は、王宮の広大な廊下を歩いている。高い高い天井には、煌びやかなシャンデリアがいくつもかかっており、すっかり日が沈んだ時刻でも、王宮内は昼のような明るさだった。

「陛下は、相当にお前のことが気に入ったようだな」

アルベルト様がポツリと、小石を落とすように言った。

「えっ？」

「あの方は、好き嫌いがハッキリしていてな。貴賓が挨拶に来ても、好きでもない相手なら一言か二言、言葉を交わしてすぐに話を打ち切る。それが今、執事を制してまでお前と話を続けようとした。これは、かなり珍しいことだ」

「陛下に嫌われずにすんだのは嬉しく思いますが、きっと、私のことを気に入ったというより、私との問答で、亡き父のことを思い出し、懐かしくなっただけのような気もします」

「そうでもないさ。人は、いつまでも故人の思い出に引きずられ続けるものではない。サイラス殿のことはサイラス殿のこととして、陛下はお前自身の優しさと、自分を虐《しいた》げた相手をも許す強さに、好感を抱いたのだと思うよ」

そこまで言われると、さすがに照れてしまう。頬を染めて俯《うつむ》く私の代わりに、アルベルト様は少し冗談っぽく言葉を続ける。

「だが、お前を好《す》いたのは、陛下より私のほうが先だということを忘れぬようにな」

「な、何を仰《おっしゃ》っているんですか。まるで、陛下と張りあうような……」

「張りあいたくもなるさ。陛下はまだ独身だ。お前のことを気に入って、妃《きさき》にしたいなどと言いだされたら、たまらんからな」

私は思わず苦笑した。最近のアルベルト様はよく冗談を仰《おっしゃ》るが、それにしたって今の話は、あまりにも現実味がなさすぎるものだった。

「冗談にしても、あまりに飛躍したお話です」

アルベルト様も苦笑いするが、その後やや真剣な顔になる。

「まるっきり冗談と言うわけでもないぞ。私が好《す》いたのはお前の心根だが、それでも最近のお前は、ますます美しさを増している。これからさらに成長することを考えると、あちらこちらから男が言い寄ってくるに違いない。それを思うと、私は今から気が気ではないよ」

アルベルト様の心配性にも困ったものだと思いつつ、そこまで私を想ってくれていることが嬉しかった。私はアルベルト様の腕にそっと触れ、囁く。

「そんなに言い寄ってくる人がいるとは思えませんが、たとえそうなったとしても、私の瞳がアルベルト様以外に向くことはありませんよ」

腕に触れていた手を、アルベルト様は優しく握る。

「それを聞いて安心した」

「わざわざ口にしなくても、私の想いはわかってくださっていると思っていたのですが」

「わかっていても、口にしてもらいたい言葉というのがあるのさ」

そんなやり取りをしていると、廊下の向こうから、何人かの男性がこちらに向かってくるのが見えた。アルベルト様が少し表情を硬くする。

「見ろ。やはり、男たちが寄ってきたぞ」

集まってきた男性は三人。皆、立派な身なりをした、貴族と思しき人たちだった。その中で最もふくよかな体型をした中年の男性が、満面の笑みでアルベルト様に頭を下げる。

「これはこれは、ハーヴィン公爵閣下ではありませんか。私のことを、覚えておられますかな?」

数秒の間の後、アルベルト様はハッとして答える。

「あなたは……ドリク男爵！　ご無沙汰しています！」

「いやいやそんな、公爵様、私めのような下級貴族に敬語など使わないでください」

「何を仰《おっしゃ》います。父の代から親交があったのに、代替わりして私が跡を継いでからはほとんど会談する機会もなく、申し訳なく思っています」

「いえいえ、そんな。私めの相手など、お時間のある時にしてくださるだけで結構です。……ところで、その『お時間』ですが、今、大丈夫ですかな?」

「と言うと?」

「実は、ドリク男爵領が抱える問題について、少々ご相談したいことがあるのです。その、申し上げにくいのですが、邪魔の入らぬ場所で二人きりになり、ゆるりと……」

アルベルト様はほとんど表情を変えなかったが、それでも私には、少し困っているのがわかった。先代公爵様の時代から交流があるドリク男爵の相談を無碍《むげ》にすることはできないが、二人きりでの重要な話となれば、私を一人にしなければならなくなる。それを、気にしているに違いない。

私は微笑し、アルベルト様に言う。

「公爵様。長時間の馬車での移動で疲れてしまったので、談話室で休憩していてもよろしいでしょうか?」

実際はそれほど疲れていないが、これでアルベルト様も心置きなくドリク男爵とお話ができるだろう。

「そうか。では、話がすんだら談話室に迎えに行くよ。……すまんな、気を遣わせて」

◆

そして私は、一人で王宮の談話室に入った。

……いや、『談話室』という表現は正しくないかもしれない。そこは、部屋と呼ぶにはあまりにも広い空間で、『談話ホール』と言ったほうが適切だろう。

普段は一体何のために使う場所なのかわからないが、とにかく今は舞踏会に参加するためにやってきたであろう、さまざまな人々が、思い思いに会話を楽しんでいた。

その中に見知った顔を発見し、私は声をかける。

「あの、もしかして、ロイさんですか？　エクス大農場の」

私がいつものメイド服でないせいか、ロイさんは一瞬私のことがわからなかったようだが、すぐに気がつき、朗らかな笑顔を浮かべた。

「やあ、レベッカさん。公爵様のお供でやってきたのかい？　そのドレス、凄く似合ってるよ」

「ありがとうございます。お父様のゴードンさんも、ご一緒ですか？」

「親父は最近、腰の調子が悪くてね。それで、僕が代理で参加することになったんだ」

「最近、急に寒くなりましたからね。腰や関節が痛む方は、お辛いでしょうね」

「まあ、親父が舞踏会に来なかったのはそれだけが理由じゃなくて、ちょっと居心地が悪いからっていうのもあるんだけどね」

「居心地が悪い？」

「だって、参加者のほとんどは貴族だからね。僕たちのような大規模農家や、経済に多大な影響を与えている豪商もその功績を讃えて招かれてるけど、やっぱり場違いな感じは否めないよ」

「そう……ですね。私も、アルベ……いえ、公爵様が一緒でなければ、たとえ陛下に招かれたとしても、一人で舞踏会に来る勇気は出なかったかもしれません」

「僕もそうさ。男一人だったら、とても来る気はしなかったと思うよ」

「では、恋仲の女性がご一緒なのですね」

あのラグララに恋の夢を壊され、酷く傷ついたであろうロイさんが、新しい恋を見つけたことに、私は安堵した。

ロイさんは気恥ずかしそうに頭をかく。

「い、いや、恋仲ってほどじゃないんだけどね。ほら、パートナーもなしに舞踏会に来るなんて、寂しすぎるだろう？　だから知り合いの女の子に、一緒に来てほしいって頼んだのさ」

その時、誰かが小走りにこちらにやってくる足音が聞こえた。その足音の主に、ロイさんは慌てて声をかける。

「パティ、危ないから走っちゃ駄目だよ。ただでさえ、ドレスには慣れてないんだから」

そう。やってきたのは、華やかなドレスに身を包んだパティだった。私は驚き、言葉を失う。今日、パティは仕事が休みで、「せっかくだから町にでも遊びに行くっす」と言っていたから、ここで会うことになるとはまったく想像していなかった。

そして私は、ロイさんがパティを呼び捨てにしたことに耳を疑った。以前は『パティさん』と呼んでいたのに、短い間に一体何があったのだろう。

どこかのお嬢様のように着飾ったパティだったが、いつも通りの屈託のない笑顔で私にほほ笑みかけてくる。

「えへへっ。レベッカ、ビックリしたっすか？　自分もビックリっすけどね。今日のお昼までは、一緒に舞踏会に出られるなんて、夢にも思ってなかったっすから。このドレスも、ロイさんが貸してくれたっす」

「た、確かにビックリだわ。パティ、今日は町に遊びに行ったんじゃないの？」

そこで、普段は言葉に詰まることのないパティの滑らかな口が、少しぎこちなくなる。

「じ、実は自分、前からちょくちょく『町に行く』って言って、ロイさんのところに遊びに行ってたっす。それで、その、今日は成り行きで一緒に舞踏会に行くことになったっす」

「そういえば、最近やけに『町に行く』って言ってたけど、もしかして、一度も町になんか行ってなくて、ずっとロイさんのところに通ってたの？」

「左様っす」

「なら、素直にそう言えばいいじゃない」

「だって、そういうの、なんか恥ずかしいじゃないっすか……」

「恥ずかしがらなくても、誰もからかったりしないのに。でも、これでロイさんとパティの仲が進展してる理由がわかった気がする。知らない間に、たくさん一緒の時間を過ごしてたのね」

その言葉に真っ赤になったのは、ロイさんだった。

「し、進展だなんて、そんな。確かにパティといると楽しいけど、僕たちはまだ……」

パティも、赤くなっていた。

「そ、そうっすよ。それに、ロイさんと自分じゃ釣り合わないっす。自分は人間未満の半獣……」

パティが小声で言いかけた言葉を、ロイさんが強く制した。

「パティ。僕は、人に偉そうなことを言えるような人間じゃないけど、これだけは言わせてくれ。自分で自分のことを人間未満だなんて、二度と言っちゃいけない」

「は、はいっす……」

「恵まれた環境でのほほんと育った僕には、きみの辛い過去を理解できるなんて言えないし、簡単に言ってはいけないと思う。だからこれからは、二人で未来だけを見つめていこう」

「はい……っ」

きっと、パティはロイさんにも自分の生い立ちを話したのね。ロイさんはそれを知り、大きな愛でパティを包みこもうとしている。その温かさが嬉しい。

パティはもう、決して自分のことを人間未満だとは言わないだろう。苦しい人生を歩んできたパティが、こうして素敵な人に出会えた運命を私は神様に感謝していた。

◆

パティやロイさんとしばらく談笑し、それからロイさんは、各地方の豪農とでも言うべき方々に挨拶回りをしに向かった。その横には、パティも一緒だ。

以前は二人が並んでいると、仲の良い兄妹のように見えたものだが、今は一段階関係が進み、若い夫婦のようにすら見えた。

そんな二人を遠くから眺めているだけでも、幸せな気持ちになる。私は一人壁際でたたずみ、その幸福な時間を楽しんでいた。

多くの人々はこの舞踏会を通して人脈を広げたり、貴族社会での情報収集を目的として、さまざまな人と言葉を交わしているが、今の私のように静かに壁際にいる人もそれなりにいた。

何となく親近感がわき、私は壁際でじっとしている人たちを見る。その多くは女性だ。皆どこか所在なげな様子で、何をするでもなく中空を眺めている。

「えっ……」

思わず、私の口から声が漏れた。壁際でたたずむ人の中に、知っている人を見つけたからだ。離れたところに立っているが、間違いない。

高揚する心を抑えるように、私は自分の胸元に手を当て、『その人』の元へと向かう。そこで、その人も私に気がついた。

私と同じく、短く「えっ」と呟いた後、その人は驚きの混ざったほほ笑みを浮かべる。

「レベッカ……。まさか、あなたとここで会うなんて……」

私は小さく頭を下げ、その人に挨拶をする。

「セレナさん、ご無沙汰しています。あの、私もまさか、セレナさんに会えるなんて、思っていませんでした」

涼やかな水色のドレスに身を包んだセレナさんは、さながら冬の訪れを告げる妖精のようだった。その美しさは、豪奢な装飾で着飾った多くの参加者の中でも、群を抜いている。

しかし私はセレナさんの美しさよりも、血色の良い肌に目がいった。

もう四ヶ月は前になるのだろうか。お屋敷を去る直前のセレナさんは、気丈に振る舞いながらも、呪いの影響もあり、やはり疲れた様子だった。

だが今の顔色は、まさに健康そのものだ。新しい職場である大きな商人さんのところで充実した生活を送っていることが、言葉で説明されるよりもよくわかった。

セレナさんは、以前のクールな笑みとは少し違う、自然なほほ笑みを浮かべている。

「ドレスを着てるってことは、単に、公爵様の付き添いで来たわけじゃなさそうね。とはいえ、あなたが公爵様にせがんで無理についてくるはずがないし、公爵様が恐縮するあなたを強引に舞踏会に誘うとも考えにくい。ってことは、あなた個人が、陛下から招待を受けたのかしら？」

さすがはセレナさんだ。

短い時間でそこまで想像できる頭の回転の速さには、感心するしかない。

「えっとですね、私の両親のことで陛下とご縁がありまして、それで……」

「そうだったの。国王陛下とご縁のあるおうちの子って、あなた、実はお嬢様だったの？」

「ど、どうなんでしょうか。私以外の姉妹は、お嬢様って言っても差し支えない、優雅な暮らしをしていましたけど、私は彼女たちの召し使いみたいなものでしたから」

「そう……。何だか、複雑な家庭環境だったみたいね。そんな状況で、よく心がねじ曲がらずに、真っすぐに育ったものだと思うわ」

「あっ、すみません。せっかくの舞踏会なのに、つまらない話をして。あの、セレナさんはどうしてここに？」

そう問いつつも、私はセレナさんがここにいる理由を大方察していた。

セレナさんの着ているドレスは、明らかに既製品ではない。セレナさんの美貌を引き立てるために、特別にオーダーされた逸品だ。

セレナさんが新しい職場で大活躍し、多額の給金を貰っているとしても、これだけのドレスをオーダーメードで作るのは簡単なことじゃない。

きっとセレナさんは、高額なドレスを注文できるだけの財力がある人の寵愛を受け、そのパートナーとしてここまでやってきたと推察できる！

……と思うけど、どうだろう？　私は固唾《かたず》を呑み、セレナさんの言葉を待った。

セレナさんは、あれこれ想像してコロコロと表情を変える私をしばらく見ていた。そして、ちょっとだけ呆れた様子で話し出す。

「レベッカ。あなた、いろいろと想像してるみたいだけど、私がここにいるのは、あなたが思っているような事情じゃないわよ。まあ、ドレスは旦那様に作っていただいたから、まったくの見当違いというわけでもないけど」

セレナさんはそう言って、ずっと向こうのスペースで、大勢の人に囲まれて話す若い男性を見る。服装を見ると貴族ではないようだが、どことなく気品があり、何より華やかな雰囲気の人だった。

私は小首を傾げて問う。

「セレナさん、あの人がどうかしたんですか？」

「あの方は私が仕えている豪商、オリバー・レグナー様のご子息、ケニー・レグナー様よ。……レベッカ。率直に言って、あの方を見てどう思う？」

「えっ？　……そうですね。何というか、華のある人だと思います。まるで、役者さんみたいに」

「そうね。私も、魅力的な人だと思うわ。お話は上手だし、商才もある。貴族相手でも物怖じしない度胸もある。……でもね、ケニー様には、それらの長所を台無しにする問題点があるの」

「問題点？」

「とんでもない女好きなのよ。だから私は旦那様――オリバー様に頼まれて、ケニー様が問題を起こさないように、こうしてお目付け役をしてるってわけ」

「そ、そうだったんですか」

「ロマンスの欠片もない理由で、がっかりした？」

「正直に言うと、少し」

「ふふっ、ハッキリ言うようになったわね。私もがっかりよ。昨日、旦那様に『きみの働きぶりは素晴らしいから、特別ボーナスだ』って言われてこのドレスを贈られた時は、凄く誇らしい気分だったわ。でもそれは、私にお目付け役をさせるための方便だったのよね」

　肩をすくめて苦笑するセレナさんに、私はほほ笑む。

「そうでしょうか？　まあ、駆け引き上手の商人さんのすることですから、打算がまったくないなんてことはないと思います。でも、単なる方便でもないと思いますよ」

「どういうこと？」

「セレナさんも、内心では気づいているんじゃないですか？」

「………」

「そのドレス。単にお目付け役を命じるための方便として贈るには、あまりにも上等すぎます。オリバー様はきっと、この舞踏会を通してセレナさんとケニー様が仲を深め、ケニー様に身を固めてもらいたいと思っているんじゃないでしょうか？」

セレナさんは、黙ったままだ。たぶん、今私が言ったことを、賢いセレナさんはとっくの昔に気づいているのだろう。だから、何も言えなくなってしまったんだと思う。

そこで、さっきまで向こうにいたケニーさんがこちらにやってきた。近くで見ると、その華やかさは輝くようだ。彼はニコリとほほ笑み、セレナさんに声をかける。

「やったぞ、セレナ。何人かの貴族と親交を持てた。いずれ、大きな取引に繋がるだろう。こういう舞踏会は、人脈を広げるにはうってつけだ。準備万端で来て良かったよ」

そんなケニーさんに、セレナさんは冷ややかに返す。

「ご婦人方との人脈も大いに広がりますしね。……ケニー様。先程、楽しそうにお話しされていた女性は既婚者です。間違っても、お手をお出しになりませぬよう」

「おいおい、勘弁してくれよ。あれはただの世間話だよ。俺がチャラついてたのは少し前までの話さ。父さんも言ってるだろ？『セレナが来て、息子は変わった』って」

「旦那様は、ケニー様に甘いですから」

「その点、お前は厳しいよな。初対面で口説いたら、バッサリ『私は軽薄な男性は嫌いです』って切り捨てられたもんな。自分で言うのもなんだけど、俺はモテるから、あんなふうに拒絶されたのは初めてだよ」

「世の女性がすべて、あなたのような男性になびくとは、お考えにならないでください」

「酷いことを言うな。昔の俺なら、きっと傷ついて、自信を失ってたよ」

「今は平気なのですか?」

「ああ。今の俺は『世の女性すべて』をなびかせたいだなんて思っちゃいないからな。今、俺が欲しいのは、お前の心だけだ」

その言葉で、ずっと冷ややかだったセレナさんの頬に、わずかに赤みがさす。

「ま、また、調子のいいことを……」

「この言葉が、調子のいい戯言《たわごと》か、真実の愛の告白か、頭のいいお前ならわかってくれると思うんだがな。俺はお前と出会ってから、他の女性の肩にすら触れていない。知ってるだろ?」

「…………」

「世間は俺を女好きと笑うが、俺も面白半分で多くの女性と付き合ったわけじゃない。ずっと運命の人を探していたんだよ。で、今、運命の人が目の前にいる。だから、これ以上探す必要はなくなったってわけさ。『女好き』は卒業だ。俺は、お前好みの『紳士』になるよ」

「そ、そういう発言が、軽薄だというんですっ」

「困ったな。生来の口の上手さが、逆に俺を軽薄に見せているんだな」

そこでケニーさんは、二人の目まぐるしいやり取りを茫然と見ていた私に目をつけ、助言を求めてくる。

「きみ、セレナの知人のようだけど、きみはどう思う？　どうすれば、この氷の女神の心を開くことができるだろうか？　どうか、お知恵を拝借したい」

本当に口の回る人だ。そして、本人の言う通り、その口の上手さが、より一層この人を軽薄に見せている気がする。だから私は、思った通りに伝えることにした。

「えっと、まずは、喋りすぎるのをやめたほうがいいと思います。ケニー様がさっき仰《おっしゃ》った通り、もの凄く軽薄に見えてしまうので……」

「やっぱりそうか。でも大抵の女性は、無口で陰気な男は嫌いだろ？」

「それでも、限度というものがありますから」

「つまり、バランスを考えろってことだな」

「はい。そうすれば、セレナさんも今のような態度を取ることはなくなると思います。先程、ケニー様のことを『魅力的な人だと思う』って言ってましたし……」

うっかり口を滑らせてしまった私に、セレナさんは顔を赤くして怒った。

「ちょっ！　レベッカ！　何を言ってるの！」

「す、すいませんっ。つい……」

「ついじゃないわよ！　もうっ！　ケニー様！　魅力的というのは、人として魅力があるというだけで、あなたに男性的な魅力を感じているわけではありませんからね！」

セレナさんが憤然とそう言う一方で、ケニーさんはやけに静かだ。いや、静かと言うより、感慨深げな表情でじっとセレナさんを見つめている。

「な、何ですか？　そんな目で見て……」

「わ、悪い。別に、変な意味はないんだ。……ただ、嬉しいんだよ」

「嬉しい？」

「たとえ、男性的な魅力を感じていないとしても、俺を人間として魅力的だって思ってくれていたことが、嬉しいんだ。いつもペラペラと軽口を並べる俺だけど、内心はお前に本気で嫌われてるんじゃないかって、不安だったからね」

なんと、ケニーさんは、目尻にうっすらと感動の涙すら浮かべている。本人もそのことに気がついたようで大慌てでそれを拭うと、恥ずかしさをごまかすように笑った。

「い、いや、まいったな。そうだ、飲み物を貰ってくるよ。えっと、そっちのきみは未成年だから、アルコールは駄目だな。何か希望はある？」

「あ、いえ、お酒以外なら、何でも大丈夫です」

「そうか。じゃあ、ちょっと待っててくれ」

そして、ケニーさんは風のようにこの場を離れた。本当に恥ずかしくて、今の自分の顔を私たちに——特にセレナさんに、見られたくなかったのだろう。

「ケニーさんって、思ってたよりも、ずっと純情な人なのかもしれませんね」

私は、どんどん小さくなるケニーさんの背中を見ながらセレナさんに話しかけた。

「え、ええ。私も、ちょっとビックリしたわ……」

「あの、外野がこんなことを言うのもなんですけど、ケニーさんのセレナさんへの想いに、嘘はないように思うんです。次からは、もう少し優しくしてあげても……」

セレナさんは、少し俯《うつむ》いて答える。

「……ええ。あの人は、一見ふざけているようで、私のことを真剣に想ってくれている。もう四ヶ月も一緒にいるんだから、それくらいはわかってるの」

「やっぱり、そうだったんですね」

「あんな華やかな人が、私みたいに退屈な女をここまで一途に想ってくれていること、本当は凄く嬉しいの。だけど……」

「だけど？」

「私は長い間、公爵様を一途に想い続けてきたわ。それが、職場が変わり、自分を好きだと言ってくれる人が現れた途端に、今度はその人に夢中になるなんて、それこそ軽薄すぎる気がして……」

「それで、ケニーさんの気持ちを素直に受け入れられないんですね」

真面目すぎるというか、セレナさんらしいというか。

でも、この様子なら心配なさそうだ。ケニーさんは真剣にセレナさんを想い、セレナさんもまた、その想いを本心では受け入れたいと思っている。それなら、後は時間が解決してくれるだろう。

だから私は、セレナさんの背中を押そう。

「きっと今夜は、お二人の関係が進む、特別な日になると思いますよ。だって、こんなに素敵なドレスを着て、この後二人で踊ることになるんですから」

おとぎ話の読みすぎだろうか？　それでも、互いを憎からず思う二人が夢物語のような舞踏会で素敵な衣装に身を包み、手を取り合って踊ることは、凄く特別な行為に思えるのだ。

セレナさんは、私の言葉を励ましと解釈したのか、ほほ笑んで頷いた。

「そうね。私もいい加減、新しい恋に一歩踏み出さなきゃ、人生がもったいないものね。……それにしてもあなた、本当に変わったわね。言葉に自信があるし、力強いわ」

嬉しい言葉だった。私は片目を閉じ、冗談めかして言う。

「私の心は、もう鎖に繋がれていませんから」

その時、近くに人の気配を感じ、私とセレナさんは同時に気配がしたほうを見る。最初はケニーさんが戻ってきたと思ったのだが、そうではなかった。

「どうも、素敵なお嬢さん。失礼ですが、あなたのお名前と、どちらのご家系の出身かを聞かせていただいてもよろしいですか？」

一目で貴族とわかる身なりの青年だった。

彼は、セレナさんだけに話しかけているようだ。私が無視されているとしても、腹は立たない。私が男性なら、私よりもセレナさんに声をかけたくなるからだ。

しかし、自己紹介もせずに、いきなり家系まで聞いてくるのは踏みこみすぎな気がする。それとも貴族社会では、これが当たり前なんだろうか？

私はちょっと訝《いぶか》しんだが、セレナさんは気を悪くする様子もなく、自らの出自を答えた。……だが、それを聞いた途端、青年の態度が一変する。

「……なんだ。見事なドレスを着ているから、どこの令嬢かと思ったら、ただの平民か」

失礼にもほどがある言葉だったが、セレナさんは表情を変えない。公爵家の上級メイドとして、長年さまざまなお客様の応対をしてきたセレナさんは、この程度のことで動じないのだ。

だが、その平然とした様子が気に入らなかったのか、青年は露骨な侮辱の言葉を、これでもかと並べ立てていく。

「平民なら平民らしく、ちんけな酒場で踊っていればいいものを。ここは高貴な存在が集まり、気品ある親交を楽しむところだ。平民なんかがいると、空気が汚れるんだよ」

何てことを。側で聞いている私のほうが頭に血が上ってきたが、セレナさんの表情はどこまでも涼しげだ。慇懃《いんぎん》に頭を下げ、お詫びの言葉まで述べる。

「身の程もわきまえず、大変失礼いたしました。以後、気をつけたいと存じます」

その態度には圧倒的な余裕すら感じられ、逆に青年のほうがたじろいでしまった。ちょっと文句をつけて虐《いじ》めてやれば、すぐに泣きべそをかくとでも思っていたのだろうか。

くだらない言いがかりをつけた挙句、丁寧な応対をされて逆にうろたえている青年を、貴族たちが嘲笑《あざわら》う声が聞こえてくる。

「見ろよあれ」

「自分から絡んだくせに、謝られて焦ってるよ」

「みっともない奴」

それらの言葉が、青年のプライドを強烈に刺激したのか、彼は敵意がこもった目でセレナさんを見た。同時にどこからともなく不思議な音色が響いてくる。

これは、魔法の呪文だ。

この人、まさかセレナさんに何かの魔法を使う気?

私は反射的にセレナさんの前に出て、防御の魔法を使う。以前よりもずっと強固で、遥かに大きい盾が、青年の魔法を遮断した。

盾から伝わる感覚で青年が何の魔法を使ったのかわかった。透明なハサミで、布を切り刻む魔法だ。今の私ならそれくらいのことはすぐわかる。魔法学校への入学は辞退したけど、アルベルト様が褒めてくれた魔法の才を伸ばすため、毎日猛勉強しているからだ。

この人は恥をかいた腹いせに、公衆の面前でセレナさんのドレスをバラバラにして、辱《はずかし》めようとしたのだ。

「あなたは高貴な身分の方ですよね? こんなことをして、恥ずかしくないのですか?」

青年は突然現れた巨大な盾に驚いたのか、私の問いに答えない。代わりに、怪物を見るような目で私を見ている。その瞳には、怯えの色があった。

かつてアルベルト様が仰《おっしゃ》ったように、防御の魔法は難しく、特に頑強な盾の具現化は、魔導師の実力を測るひとつの指標になっているほどである。

この青年は『透明なハサミの具現化と操作』という難しい魔法を使えるくらいだから、才能ある魔導師なのは間違いない。だから、盾を見ただけでわかったのだ。私との実力差が。

黙ったままの青年に、私は言葉を続けていく。

「私は今、とても残念な気持ちです。私の知る高貴な身分の方は、凄く素敵な人で、私は貴人に対し、常日頃から尊敬の念を抱いています。この舞踏会に集まった貴族の方々も、平民の参加者を公然と侮辱するような人は一人もいませんでした。……あなた以外は」

「うっ……」

「先程あなたは『ここは高貴な存在が集まり、気品ある親交を楽しむところ』と仰《おっしゃ》いましたが、あなたの言動からは、わずかな気品も感じられません。自らを高貴な存在と謳《うた》うのであれば、それに見合う、高貴な振る舞いを心がけたほうがよろしいのではないでしょうか？」

私の言葉にかぶせるように、周りの貴族たちから「そうだそうだ！　無粋者は出て行け！」という声がわき上がる。

それでいたたまれなくなったのか、青年は泣きそうな顔になり、本当に出て行ってしまった。あの様子では、とてもじゃないが、戻ってくることはできないだろう。

少しかわいそうだが、因果応報だ。文句をつけてくるだけならともかく、魔法を使ってセレナさんを辱めようとした報いが、そのまま自分に返ってきたという感じだった。

ただ、彼の行動は、私自身も大きな戒めにしなければいけないと思う。

彼が才能のある魔導師でなければ、魔法を使ってセレナさんを嗤《わら》ってやろうだなんて気は、起こさなかった気がする。魔法は『魔の方法』と言い換えることもできる。人知を超えた魔法の力には、術者に悪用を促すような、強力な魔性があるのだ。

私も、これから多くの魔法を学んでいく中で、魔法の魔性に引きこまれないようにしないと。

私は、絶対に魔法を悪用したりしない。

私の魔法は、大切な人たちを守り、助けるためにあるのだから。

◆

そして時は進み、王宮のメインホールでダンスが始まった。参加者たちは、それぞれのパートナーと手を取り合い、和やかにワルツを踊り始める。

ドリク男爵との会談を終えたアルベルト様も合流し、少し照れくさそうに私の手に触れる。私も頬を染めてその手を取り、周囲の人々と同じように、音楽に合わせてステップを開始した。

「上手いぞ、レベッカ。招待状が届いてから、猛練習した甲斐があったな。周りの貴族たちにも、引けを取らないステップだ」

アルベルト様が嬉しそうに言う。

「アルベルト様も、舞踏会がお好きではないのに、とてもダンスがお上手なのですね」

私も、ほほ笑みながら答える。

「これも、公爵家の基礎教養さ。それに、私は大勢が集まって騒々しくするのが苦手なだけで、ダンス自体は好きだよ。愛しい人とならば、なおさらな」

本当に、おとぎ話の中に入りこんだかのような、幸福な時間だった。

視界の隅に、ふとセレナさんとケニーさんの姿が映る。

ケニーさんは真っすぐにセレナさんを見つめている。セレナさんは気恥ずかしそうにしながらも、瞳をそらすことはなく、二人の関係の確かな進展が感じられた。

やっぱり、舞踏会で一緒に踊ることは、男女にとって特別な時間なのだろう。

次に目に入ったのは、パティとロイさんだ。どちらもダンスに慣れていないのか、何度もお互いの足を踏んでしまっているが、この会場にいる誰よりも楽しそうだ。

楽しいダンスは、完璧なダンスよりもずっと価値があると私は思う。大切な人たちと、夢のような時間を共有しながら、私はアルベルト様に話しかける。

「見てください、アルベルト様。この会場にいる皆が、幸せそうにほほ笑んでいます。なんて素敵な時間なんでしょう」

「そうだな。舞踏会がこんなに良いものだとは知らなかった。私は長い間、自分の領地にひきこもり、人生を損していたのかもしれないな」

「ならこれからは、もっと積極的にいろいろなところに行って、今までのぶんも取り返さなきゃいけませんね」

「騒々しい場所は今でも苦手だが、お前が一緒なら、それも悪くないな」

「では次は、外国に旅行などいかがでしょうか？」

「実に魅力的な提案だ。前向きに考えておこう」

こうして、幸福な夜は、楽しい踊りと共に更けていった。

誰かが開いた窓から吹きこむ風が、私の髪をかすかに揺らした。

もう十一月も半《なか》ばを過ぎたとは思えない、暖かで、心地良い風だった。

この作品に対する皆様のご意見・ご感想をお待ちしております。

おハガキ・お手紙は以下の宛先にお送りください。

【宛先】

〒150-6019 東京都渋谷区恵比寿4-20-3 恵比寿ｶﾞｰﾃﾞﾝﾌﾟﾚｲｽﾀﾜｰ 19F
（株）アルファポリス　書籍感想係

メールフォームでのご意見・ご感想は右のＱＲコードから、
あるいは以下のワードで検索をかけてください。

アルファポリス　書籍の感想　検索

ご感想はこちらから

本書は、「アルファポリス」（https://www.alphapolis.co.jp/）に掲載されていたものを、
改題、改稿、加筆のうえ、書籍化したものです。

私《わたし》はお母様《かあさま》の奴隷《どれい》じゃありません！

「出《で》てけ」と仰《おっしゃ》るなら、望《のぞ》み通《どお》り出《で》ていきます

小平ニコ（こだいら にこ）

2025年 3月 5日初版発行

編集－長島恵理・桐田千帆・大木 瞳
編集長－倉持真理
発行者－梶本雄介
発行所－株式会社アルファポリス
〒150-6019 東京都渋谷区恵比寿4-20-3 恵比寿ｶﾞｰﾃﾞﾝﾌﾟﾚｲｽﾀﾜｰ19F
TEL 03-6277-1601（営業） 03-6277-1602（編集）
URL https://www.alphapolis.co.jp/
発売元－株式会社星雲社（共同出版社・流通責任出版社）
〒112-0005 東京都文京区水道1-3-30
TEL 03-3868-3275
装丁・本文イラスト－ヤミーゴ
装丁デザイン－AFTERGLOW
（レーベルフォーマットデザイン－ansyyqdesign）
印刷－中央精版印刷株式会社

価格はカバーに表示されてあります。

落丁乱丁の場合はアルファポリスまでご連絡ください。

送料は小社負担でお取り替えします。


ISBN978-4-434-35365-9 C0093